야고

야고

빗방울화석 시인들

빗방울
화석

야고를 보고 있으면

사방에서 야고가 핀다

목차

신대철

저녁 눈

눈보라에 밀려
동네 허공에 머물던 들새들
눈 덮이는 들판을 향해
구부러진 나무 꼭대기에 나란히 앉는다
그 나무 밑에 나도 나란히 앉는다

어깨에 쌓인 눈이 훈훈히 젖어든다

바람불이 2

흐르는 물 새로 만나면
물살에 따라 나오던 얼굴
물 마르면서 억새에 붙어 있고
봄빛 타는 늪지에 묻어나고
흰제비란에 미간만 드러내네

나보다 먼저
바람에 불려가는 그대여
잘 가거라
길 가다 온몸 아려오면
그대 스친 줄 알리

눈부신 소리

알혼섬*, 후지르 마을, 에스키모 수예품 같은 그림이
벽마다 붙어 있는 방, 문풍지 울리듯 칼칼하게 생나무
연기 뒤흔드는 살바람, 춤추는 불 그림자 한가운데 꽃
판을 이루는 고향의 어린 동무들

구릉으로 야생화로
바이칼 소년으로
꽃판 자주 바꾸어도
잠 오지 않는 여름밤

호숫가 벼랑 위에 앉았다. 별빛 흐려지는 은하수 근
처에서 별똥별이 쏟아진다. 소원을 말해봐, 누가 속삭
인다, 비밀이야, 누가 속삭인다, 누구더라, 누구더라, 아
린 목소리만 남은 고향의 어린 동무들

너는 소원도 비밀도 없니?
누가 속삭인다.

*   바이칼에 있는 섬 중 가장 큰 섬이다. 섬 주민은 주로 후지르 마을에 모
여 사는데, 대부분 부리야트인이다. 이 섬에는 샤머니즘 성소인 부르한 바위가
있고 그 부근에 우리의 인당수를 상기시키는 설화도 남아 있다.

자작나무

돌덩이들 은은해지는 폭설 속에서
자작나무를 흔드는 바람과
눈 사진 몇 장 찍고 우리는
자작나무 주위를 빙빙 돌았습니다
발자국 흐른 길에 눈꽃 피었다 지고
흔들린 품속엔 손때 묻은
가슴 한 장만 남았습니다

하얀 자작나무 껍질 같은

첫 목도리

바람 부냐?
아뇨.
누가 왔다 갔냐?
아아뇨.

　머리맡 물그릇에 얼음 잡히는 밤, 아랫동네에는 객지로 나간 아이들 다 돌아온다고 살쾡이보고 오소리 너구리보고 혼잣말을 하시는 할머니. 할머니는 눈이 가매지도록 벽에 기대어 뜨게질만 하신다. 눈 맑히는 눈 왔다 가고 귀 트이는 눈 왔다 가고 조금씩 눈발이 굵어진다.

　품속에 숨긴 털목도리
　아시는 듯
　불빛 등진 채
　홑이불로 어깨 감싸고
　뜨게질하시는 할머니
　천정에 기어드는 별빛 보고
　천지사방으로 돌아눕다

납작한 몸
벽에 붙이고 주무신다.
내린 눈 쌓이지 않고
소리 내며 날아다닌다.

  할머니 잠든 사이 눈 다시 내리고 나는 삼거리로 내
려간다. 물푸레 숲속에서 주운 털목도리, 나무하러 갈
때 몰래 쓰고 품에 넣고 다닌 목도리, 사람 소리만 스쳐
도 목줄기 지지는 목도리, 그 지글거리는 목도릴 나무
등걸에 얹어놓고 얼음장 밑으로 흐르는 찬 물소리 가
슴으로 받으며 움막으로 올라온다. 검은 발자국에 흰
발자국 쌓인다.

  휘잉휘잉 눈보라 속에 눈 기둥 돌아다니고
  흰 발자국에 검정 무늬 찍혀 나오는 새벽
  나는 예와 아아뇨 사이를
  오르락내리락한다.

바람 부냐?

예.

누가 왔다 갔냐?

예.

목도리 땜에 형제끼리 싸움질하던 그 도벌꾼이냐?

예에.

흩어진 피붙이들 허공에 이어 붙이고

내 품속의 목도리 얘기

물푸레 숲 물길 밑으로

동네 소문 밑으로 가라앉히고

할머니는 잠결에도 꿈속을 비우신다.

처마에 시래기 쓸릴 때마다

가슴으로 목줄기로 후욱 불길이 스친다.

북위 38도 15분

소이산*에서
맨 처음 평야를 본 사람은
자연 통로**를 따라
푸른 밤 지나 고원을 향해 걸었을까?
이슬 젖은 채 사람 사이로 들어가
사람을 그리워하며 살았을까?

잘게잘게 이어 붙인 논두렁
그 사이를 걷고 있는 사람은
농사철만 드나드는 농부?

고대산 금학산 앞으로
첩첩 산줄기들 조여들고
가슴 먹먹한 이들은
숙연히 서 있다,
고요히 떠오르는 고원선

햇살 몰고 우우우
체험 학습 하러 온 아이들은

산마루 끝에 나란히 붙어 앉는다.
비무장지대를 손가락으로 가리킨다.
분계선일까? 태봉국 자리일까?
젊은 선생은 뒤처진 아이 기다리다
노동당사 쪽으로 몸을 돌린다.

옛 철원군 도로원표엔
평양 215km

아이들 사이에 들어서자 고원
온몸에 이슬빛 스친다.

---

*   해발 362.3미터. 노동당사 앞에 있는 산. 노산 이은상 선생의 기행 수필 《피어린 육백리》 답사 현장.
**   추가령 구조곡.

흐르는 길 1

초원이 질척거린다.
물웅덩이에 빠진
하늘이 울퉁불퉁하다.

지평선이 고장 난 초침처럼
오르락내리락한다.

흐르는 양 떼와 맞닿은 길
발바닥에서 흰 구름이 올라온다.

북사면
—낭가파르바트 밑에서 3

산 넘고 빙하 건너 멀리 가보았지만
아무도 만난 사람이 없다.
무슨 일로 떠돌았는지 기억이 없다.
내게서 멀리 나갈수록
내게도 그 누구에게도 돌아가지 못했다.

남면 눈사태 그친 뒤
북사면에 몰아치는 후폭풍

사람 사이
먼 길 흔적 없다.

야고*

억새 풀숲을 슬쩍 비집는 햇살
노란 잎집 틈새로
곱게 분장한 야고 한 송이
발간 빛깔을 내민다.

장터에 천막 치고
나팔 소리 날리다
곡마단 떠나던 저녁
줄 타던 처녀 맨발로 도망쳐
할머니 집 뒤꼍으로 숨어들었고
바람 바뀔 때마다 온 동네
분내 쓰다듬은 아리아리한 길.

꼬마야, 저리 가, 저리

구경꾼들 무서워한 곡마단 처녀
그 겨울 무사히 넘겼을까?

오랜 시간 흘렀는데

바로 앞에서 다시 들리는
숨죽이며 외치는 소리,

저리 가, 저리

구룡산* 방화선 길

　떠오르는 구룡산 방화선 길, 어느 산인 줄도 모르고
우릴 따라 올라와 정상에서 사방 봉우리만 찍던 사내,
집이 독립문 근처라는, 방마다 봉우리 사진 걸어놓고
봉우리 보고 출근한다는, 숨 막히면 아무 산이나 올라
갔다 봉우리 갖고 내려온다는 그 중년 사내는 일행 사
이에 끼어 오다가 각화사로 갔고 우린 일상으로 돌아
왔다. 온몸이 흔들릴 땐 언제나 맨얼굴이 그리운 곳으
로.

---

*　　소백산에서 태백산에 이르는 백두대간 능선길에 있는 산(1345.7미터).
도래기재에서 김홍탁, 송해성 시인과 함께 올랐다.

김일영

바람 모퉁이

땀송이 인 이마 위로
바람이 불어와
헐떡이는 가슴을 다독여 주었다
바람 모퉁이엔 물 빠진 갯뻘 위를 건너온
바람들로 붐비고
아련한 기억 속 골목 삼거리엔
그녀는 없었다
골목 삼거리에서 만나
가파른 안산고개를 넘으며 학교에 가고
하굣길에 다시 안산고개를 넘어와 골목 삼거리에서
그녀는 포도밭 농장 집으로 가고
나는 안 동네 집으로 갔었다
먹구름 가득한 하늘이
좌악 쫙 금이 간 가슴을 쏟아내던 날
그녀는 떠났다
삼거리 허공에 헤어지며 남겨진 손 모양과
포도밭에서 풍겨오는
그녀의 웃음 섞인 단 냄새만 남긴 채
떠났다

그날부터
바람 모퉁이에 바람이 모인다
마을 어귀 골목 삼거리쯤
그녀가 걸어가고 있을지도 모르는데
바람 모퉁이에서 쉬었다 떠나는 바람은
허공에 남겨진 손바닥 모양의 공각화空刻畫를 허물고
포도의 단 내음마저
투명함 속으로 숨기고 있었다

그때 그 동네

여기가 저기 같고 저기가 여기 같은
아파트 숲속에서 돌산을 들여다본다

학교를 파한 아이들이 돌산으로 몰려든다
오르내리는 사람들이 교회 마당을 지나친다
공사가 중단된 채석장엔
널부러져 있는 돌들을
아버지가 물끄러미 바라보고 계신다
물지게와 물통들이 자물쇠 풀린 수도꼭지 앞에
길게 줄지어 놓여 있다
돌산 옆구리 축대 위에 지어진 집
경계벽 바깥쪽은 벼랑인 익숙한
위태로운 굽은 길을 따라
햇볕이 따뜻하게 내려앉고 있다

교회 마당은 돌산 위아래에 지어진 집들에서
오르내리던 사람들의 쉼터가 되었다
위쪽 바위 능선에서 사는 친구 주일이가 손을 흔든
다

돌산에서 놀던 아이가
바위틈에서 자란 키 작은 나무를 꺾어
휙휙 칼싸움 놀이를 한다
돌산은 조금씩 잘려나간다
넓적바위도 잘려나간다
교회 마당을 지나치던 사람들
놀던 아이들 수돗가 사람들이
돌산을 내려와 나를 스쳐지나 어디론가 간다

우리 집이 여기였던가 그렇다면
교회는 위쪽으로 저기 저 아파트쯤?

나는 나뭇가지를 주어 아파트를 향해
그때 아이들 칼싸움 놀이처럼 휘둘러본다
그리고 눈을 감는다
아파트가 잘려나간 자리
축대 위 아슬하게 걸려 있는
파란색 외대문에서
화순이가 얼굴을 빼꼼히 내민다

시소

한쪽은 신나는 놀이이고
맞은편은 고통스러운 고문이다
시소가 늪지 쪽으로 기울 때
고문의 외침으로 목에 힘줄이 튀어나오고
육지 쪽 사람들은 하늘로 오르는 쾌락의
함성으로 목이 쉬는 지상 최대의 오락이다
내가 하늘로 솟구치는 동안 모두가
짜릿한 함성을 지르는 줄 알았다
느닷없는 하락
귀를 막는다

늪지에 떨어진
아직 빨려 들어가지 못한
지난날과 새로울 것이 없는 오늘이
수생식물 한 줄기로 피어올라
내 다리를 밀어 올린다
쏟아지는 저 위 웃음소리에 대들고 있다
가라앉는 시소를 놓아버리는 게 아니었다
다 빨려들어 갈 줄 알다니

시소의 육지 쪽을 향해 온몸의 힘을 뺀다

시소의 은밀한 곳까지
비수로 내리꽂는 환희의 함성들
사방을 둘러봐도 탈출구는없다
늪지에 버려진 시간들이 들러붙고 있다
새로울 것 없는 오늘이 내민 손을 잡고
발돋음을 한다 너무 기울면
쾌락의 함성도 공포의 함성으로 바뀌므로

나는 수평을 꿈꾼다

시래기

김장하면서 무의 상부를 잘라 차례로 줄에 꿰어
나무에 걸었다
줄 세워진 무청들은 아무 말 않고
몸을 곧게 세우며 모두가 중심을 잡았다
몸의 일부가 찢기어나가도
매서운 눈바람을 온몸으로 받아들였다
고향을 꿈꾸며 웅성거렸다
그들 중 일부는 떠나온 땅으로 돌아가려는 듯
들썩거렸다
날마다 야위어가면서도
저마다 품고 온 고랭지의 흙 냄새를 익히는
평등한 삶의 무게를 나누어 가졌다
줄에 꿰어져 흔들리면서도
집단의 일체감을 잃지 않고
좌우 손을 잡은 채
서로에게 기대며
앞과 뒤를 나누어 가졌다
자유를 속박하던 줄이 제거된 시래기들
작은 접촉에도 부스러지면서도

바스락거리며 세상 속으로 들어갔다
몇몇은 무리에서 떨어져 나와 맨땅에서 뒹굴었다
바람에 날리며 제 살을 나누어 주고
갈비뼈가 드러나도록 웃어젖혔다
아내의 손길에서
겨울 내내 쪼그라들었던 몸을 풀었다
통통하게 살이 오른 시래기
부활을 꿈꾸는가

수종사에서

물이 흐른다 작은 물결 일렁일 적마다 물피에 붙어 있던 물빛이 허공으로 흩어졌다가 내려 모인다 물길은 세상의 밝은 길을 아직 안내하지 못하고 물고기가 물 밖으로 튀자 따라오던 희미한 기억들도 허공으로 흩어진다 수종사를 찾은 사람들의 가슴을 데운 염불 소리처럼 저들끼리 얽힌 나뭇가지들 가을 햇살에 몸을 말리며 상념에 잠긴다 강물에 기댄 세월들이 기슭마다 소롯이 고여 있다 운길산을 빠져나온 바람이 길을 내려가고 각기 흐르던 두 줄기 물길이 만나 나누던 해후도 잠시, 마음이 바쁜 물길 목을 빼고 앞을 내다본다 기다린 만큼 삶은 성숙해지고 양수리 마을을 구석구석 훑어보고 물 내음 앞세워 다시 산으로 오른 세상살이 익숙해진 바람을 맞는다 아직도 제자리를 서성이고 있는가 지나온 길 되짚어 보듯 반짝거리며 외길로 들어선 물길을 따라간다

분재

한 뼘 터전 속
몸부림친 시간은 개성으로 살아나고
제 살끼리 얽히고설킨 생의 본능
한 삽 흙도
제 몸이다

내뻗은 손마다 가위질에 뱃살만 늘고
사방 삼십 센티 허공만을 차지했지만
오늘도
대지 중심에 우뚝 서 있는
꿈을 꾼다

지나치는 바람에 길 터주며
변함없이 펼쳐 보인 다섯 손가락
움켜쥐기만 할 뿐 펼칠 줄 모르는
손들이 안타까운 듯
흔들어 보인다

저지당하는 고통스러운 생

발악하듯 토해내는 거친 숨소리
하늘로 땅으로
듣지 않으려는 내 귀로
끝없이 울려 퍼진다

집을 버리고

    길을 떠나자 명주 이불 같은 포근함으로 붙잡는 집
일랑 과감히 떨쳐버리자 독버섯이 자라게 하자 잡초가
가득하게 하자 이 방 저 방 거미줄로 가득하게 하자 방
문을 잠그고 갈까 여닫는 수고를 덜기 위해 다 부셔버
리고 갈까 누구든 왔다가 그냥 가도 좋다 주인 없는 빈
집에서 누구든 정 붙이고 사는 것은 나 떠난 뒤의 일 햇
볕 잘 드는 라일락 향기 가득한 평상의 미련을 거두어
여행 배낭 속에 넣고 가자 낯선 곳으로 길을 떠나자

안개 새벽

밤사이 모여든 안개가
흐물거리는 거대한 광장을 만들고
희부연 회색빛으로
시력을 떨어뜨리며
뒷걸음질하는 어둠을 보고 있다

북서울공원 광장을 밝히는 보안등도
혼신의 힘으로 뿜어내는 빛이
차단당하는 모양을
고개를 숙인 채 망연히 보고 있다

갓밝이 안개 새벽
아무도 침범하지 않은
스스로 허물어지는

누구도 찾지 않는
깊은 회색 침묵

어둠이 물러갈 채비를 하고

안개는 더욱 더 몰려오는데
턱턱 값싼 신발 소리
누군가 긴 치마폭으로 광장을 끌며
새벽을 밀쳐내고 있다

노을

인왕산 너머에
누군가가 모닥불을
피워놓았나 보다
불빛은 흔들림도 없이
주변을 물들이며
내 하얀 티셔츠 칼라에
살며시 와 있다
천천히 몸을 훑곤
옥상 바닥 침상 위
펼쳐진 책 위에 내려앉는다
덮는 책갈피 밖으로
화마가 되어 지붕을
훌쩍 넘어가고 있다

원통사에서

큰 나무 사이로 비집고 들어온

원통사로 가는 길

멀리서 들려오는 목탁 소리

그 소리 커질수록 작아지는 계곡물 소리

하늘은 여자의 흰 치마폭으로 내려오고

여자의 슬픔은 키 큰 나무를 뚫고 오른다

대웅전을 빠져나온 목탁 소리는

풍성한 단풍 숲을 어루만지며

칼바위 휘돌아 간다

부처님의 인자한 미소 아래에서

주소와 이름을 외며 누구의 소원을 기원하는

스님의 염불은 사자의 길을 인도하는데

남편을 떠나보내는 여자의 흰 소복이 슬프다

사자는 떠났고 여자는 법당문을 나선다

나도 가야 한다

풍경 흔들리는 원통사에 가득한 염불이

풀어헤친 옷깃을 여미게 하고

따스하게 스며들던 목탁 소리가 점점 커지더니

벼락을 치며 내 앞에 펼쳐진 길 지워버린다

길을 잃었다

길은 어디로 난 것일까

여인

어느 날
자신을 태우며 겨울을 밀어내던 모닥불 카페에서
명명할 수 없는 향기를 나눠준 여인이 있었네
향기는 스스로가 만든 가뭄으로 거칠게 갈라진
내 안의 세상을 구석구석 촉촉하게 적셔주었어

그 향기는
무관심으로 폐허가 된 지 오랜, 내 집에
독버섯 따내고 거미줄 걷고 못질하고
방마다 죽어 있는 시간의 흔적을 박박 긁어내게 했지
벽에 비스듬히 걸려 있던 핏기 없는
내 얼굴의 초상도 떼어버리도록 했어

오늘
아침 햇살이 너무도 상큼함은
아마도 여인이 올 것 같아
대문 앞 쓸고 오는 길에
설레는 가슴 마을길에 뿌려놓았어

가냘픈
어깨가 왠지 추워 보이는 여인에게
그날 밤 숨겨왔던 모닥불의 따스함을
겨울 외투처럼 뒤에서 어깨부터 입혀주며
여인의 향기에 한껏 취하고 싶네

손필영

새알
—초원 1

초원길,
지평선 따라 피어오르는 향기
구름도 먼 지평선에 올라선다

(날아오르는 새들은 둥지를 찾을 수 있을까?
같은 풀밭, 같은 흙길, 다른 초원길에서)

달리던 흙길에서 벗어나
풀섶에 차를 멈추었다
풀잎 흔들리는 대로 흔들려보려고

자동차 바퀴가 멈춰 선 바로 앞에 새 둥지
초원 풀빛에 흙빛을 찍은 세 개의 알

풀 둥지 위를 두 마리 새가 가로지른다

타이하르 촐로[*]

하얀 자작나무 숲을 지나
황야, 소리도 지운
비 내리고 사이사이 햇빛 내린다

몰려오는 먹구름 밑으로 불쑥 솟아나는 큰 바위,

낙타 탄 소년들이 묻는다
무얼 찾느냐고
오래된 그림이냐고

낡은 3층 건물처럼 높고 구석 깊은 바위를 돌다
소년들이 이끈 곳은
은빛 총알 하나, 작은 틈에
언제였는지, 작은 틈에
모래에 바람에 날아가지 않는 비밀

바위를 다시 한번 돌아 나오자
"사란, 죽을 때까지 사랑해"

생명에 새긴 사랑의 서약이 돋아 나온다

(오, 눈부신 사랑! 저 서약이 인류를 지탱해온 것일까)

소년들은 떨리는 제 숨결을

지평선으로 우주로 쏘아 보낸다

타이하르 촐로, 사랑이 약속이 시작되는 곳

* 　　아르항가이 체체를룩 솜('군'에 해당하는 몽골의 행정구역 단위) 주변에 있는 거대한 바위. 칭기즈칸의 전설부터 최근의 역사적 기록까지 새겨져 있다. 꼭대기로 올라가는 길은 보이지 않으나 아래부터 위까지 구석구석 글이 새겨져 있다.

하얀 달래밭에서

말을 타고 언제부터 달려왔을까?
하얀 달래밭 천지에서

햇볕이 태우고 바람이 조각한 청년이 말에서 내린다
온몸에 숨겨 넣은 미소가 새어 나온다
흙을 막 뚫고 올라온 듯한 기운
수줍은 말소리

허리 굵은
내 소녀가
넘어온 지평선을 지우고
말의 이름과 나이를 묻는다

꼬리 흔들지 않고 세 살 우레는
뒷다리를 꼰 채 우리를 바라보고 있다

바람이 불어오는 동안
쌉쌀한 허브 향이 스며든다

기념사진을 찍어본다
누군가 그의 팔을 소녀의 어깨에 걸친다
그의 손은 마음을 감춘 듯 오그리고
그의 마음을 따라 흐르던 어깨 위에서
지평선이 떠오른다

지평선을 몇 번 바꾸어도
달래밭 따라 말발굽 소리가 울려온다

언 바람 속

새들이 쪼아 먹은 홍시에 노을빛 모두 배어들고
쌍계사 입구를 스치는 물소리 점점 커질 때
하동으로 흘러가다 섬진강 줄기를 타고 거슬러
거슬러 온 아주머니들이 언덕에 좌판을 벌이고 있다,
곶감 쑥엿 반발효차 그 옆 어디선가
가뭄 탄 손이 내 옷깃을 잡아끈다, 끌릴수록 지워져
가는 손끝,
순간 내 허리춤에 달고 온 섬진강 한 자락이 찢어진
다,

강가 바랜 대숲에서는
스스스스 스스스스
섬진강이 우리를 관통하며
언 바람 속에서 흐르기 시작한다

되새

기운 햇살 등에 걸고
하동 들녘 감싼 능선마다
뭉클뭉클 쏟아지는 되새 떼,

대숲 위에서 수천 마리가
겹겹 날면서 회오리 춤을 춘다.
하늘을 동쪽 끝까지 기울이다가
날개를 틀어 하늘을 뒤집은
되새 떼가 대숲으로 떨어진다.

바람 하나 없이 댓잎이 흔들리고 휘청거리고
물 한 잎 없이 하동 들녘이 젖는다.
솨아 솨아 솨아
사람에 쫓겨 지리산 기슭을 헤매던
마지막 새 떼가 깃을 치자 어둠 속에서
대숲이 은빛으로 출렁거린다.

탑돌이

정처 없는 사람 따라
파도 휩쓸려간 사이
물띠 두른 모래 구릉으로
갯메꽃 더듬어 올라가고
산새 울음 쌓여가고

불 밝힐 곳 찾아
반딧불 한 마리 빙빙빙 돈다

솔잎

팡, 유리창에 부딪히는
작고 보드라운, 주둥이 노란 새
손으로 감싸안자 눈빛이 사라진다,
온몸에 찍히는 체온의 흔적,
새가 한 번도 날지 못한 하늘에
노을이 스친다, 아른거린다,

　새를 돌려주려고 엘리베이터를 타고 내려간다, 동소
문동 주위를 헤매다가 내 몸에 도는 새의 체온이 흐르
는 쪽으로 소나무 밑으로 흘러가 본다, 물소리 같은 바
람 소리 들리는 숲속 끝으로,
　새를 내려놓는다, 솔잎이 내린다, 솔잎 위에 솔잎이
내린다, 나도 내 위에 내리고, 툭, 툭, 그 위에 다시 내리
는 솔잎, 솔잎

검은등뻐꾸기

태백으로 가는 길을 미뤄두고
길 잘 든 산판길로 들어서면 봄,
산모퉁이에 피는 연초록빛에 실려
더 내리지도 오르지도 않는
내 몸 네 마음이 둥둥 떠가는
고원 위의 높은 길

내가 살아온 길보다 높은 길
두 길을 동시에 걸어가는 한낮,
돌길 공터엔 산사태를 옆에 두고 따거운 봄볕에
젊은 기사와 함께 잠이 든 포클레인,
멀리 능선과 능선이 만나는 곳에서는
지평선이 굽이치고 있다,

검은등뻐꾸기 울음소리에 불려
길은 아래로 내려간다,
산마을엔 나지막한 집, 집같이
폐광 갱목 더미가 쌓여 있고

비탈진 길가

자장율사 지팡이에 돋아난 푸른 가시잎을 보는 큰스
님,

큰스님과 나 사이를 무한히 벌리며

정암사 목탁 소리를 따라 어허 어허

검은등뻐꾸기가 운다.

來蘇寺에서 來來蘇寺로 가는 길

내소사 가는 길은 전나무 향기가 차게
환하다. 전나무인지 잣나무인지 껍질만 보고
걸었다. 생각이 몰려와 휘돌아 가는 동네의 끝
누가 막 절을 벗어놓았다.

나도 나를 벗어 포개어본다
높이를 감춘 절벽이 수없이
떨어지고, 피어나고,

來來蘇寺는
來蘇寺에?
내 가슴과 네 가슴이 맞닿는 곳에?

끝없이 번지는 소리향,
전나무와 잣나무 사이를 길도 없이 걸어 나왔다.
개펄에 웅크린 마른 등 위로 떨어지는 저녁 햇빛,
그 빛에 떨며 멧새가 운다.

지나온 무수한 나와 전나무와 잣나무가 저 멀리 하

나로 솟아 있다.

가을에

햇살 껍질 벗고
바람 낮게 흐르고
흰한 참나무 숲속에서
상수리알 떨어진다

허공에 떠다니던 사람
허공에 기대던 빈집들
툭툭 내려앉는다

울지 않고 날았던 새들
지상 끝으로 돌아와 운다

조재형

노을꽃

큰 시인이 돌아가시고
문상도 못 가고
차바퀴 굴러가는 대로 헤매다가
역제방죽에 쪼그려 앉아
제 몸 뚫고 나온 가시연꽃 피기를 기다립니다

물닭이 왔다 가고
뜸부기 왔다 가도
연꽃은 필듯 말듯 피지 않고
산그림자 방죽을 뒤덮는 순간
노을 한 아름 안고 와
수면 위에 풀어놓는 당신

번지고 번지는
황홀한 노을꽃
역제방죽을 통째로
피워 놓았습니다

빙하

―고려인 리마랏*에게

밤새 눈이 내리고
빙하가 역류하는 동안
그대는 막사에서
설원과 사막을 오가며
본향으로 가는 길을 내고 있었나요

햇살이 체트록봉**을 넘어오기 전
그대가 먼저 빙하 옆을 스쳐 갔군요
부식창고에서 식당으로
샘터로 간 발자국은
태극기 펄럭이는 텐트 앞에서 주춤거리다가
멀리 돌아서 국제캠프로 갔군요

까레이스키도 고려인도 아닌
우즈백인으로 살아보려고
파미르고원 국제캠프 식당에서
양고기를 구워내는 리마랏

고향을 물으면

우즈베키스탄 타쉬켄트라고 말하다가
잊힌 아버지의 아버지 고향으로 달려가며
눈물에 온몸 맺히는 리마랏

그대의 눈물엔
바람과 모래사막을 넘어
그대가 일구어낸 목화밭이 비치고
소리 없이 빙하가 덮어버리는군요

그대의 피가 역류할수록
사방에서 빙하가 우는군요

*   국제캠프 식당 종업원.
**   코뮤니즘봉과 크르제네프스카야봉 사이에 있는 봉우리.

식량을 올리며

죽음의 지대에서 그대들이
식량과 연료도 없이
폭풍설과 싸우는 동안
텐트 안에 혼자 남아
밤새 눈사태와 싸웠다

굉음과 굉음 사이
사랑하는 사람들이 찾아왔다
모든 두려움은 그들에게서 온다

모든 것을 운에 맡기고
식량과 장비를 배낭에 넣고
이중화 끈을 조여 맨다

빙하를 건넌다
엊그제 쌓아놓았던 케른*이 무너졌다
세락**을 방호벽 삼아
한숨 돌릴 때마다
코르제네프스카야봉***쪽에서

굉음이 들려왔다

마음을 다스려도
두 눈에 박혀오는 암설 벽 끝 눈처마
눈처마를 올려다보며 걷다가
숨겨진 크레바스에 빠지고
숨겨진 운명에 매달렸다

기다려라, 기다려라
내 시간은 그대들의 시간,
오를수록 공기는 희박해지고
숨이 터질 듯 숨이 막혀도
그대들을 향해 가는

이 한 발 한 발이

내 발이 아닌 이 한 발 한 발이
죽음의 지대를 넘어선다.

*　　　등산로나 산정 등에 도표나 기념으로 쌓아 올린 돌무더기.

**　　　빙하 상에 생기는 빙탑.

***　　코뮤니즘봉, 레닌봉과 더불어 세계의 지붕으로 일컬어지는 중앙아시아의 파미르고원에 있는 7495미터의 봉우리.

수평선을 감아올리는 수차水車

먹이를 찾아 갯벌을 헤매던
청게, 황발이, 능쟁이
밀물을 물고 제 집으로 돌아갈 때
내릴 수도 올릴 수도 없는 닻줄을 잡고
포구에 걸쳐 계시던 평안북도 정주 할아버지

총성에 쫓겨 가족은 뿔뿔이 흩어지고 민간인으로 거
제도 포로수용소에서 한진포구로 흘러들어 와 대문도
길도 정주로 내놓고 연변에서 왔다는 소문만 떠돌아도
맨발로 뛰어나와 '연변에서 왔소, 이북 사람이오' 이명
耳鳴으로 듣고 되묻던 할아버지

온몸이 소금에 절도록 수차를 밟아
염판에 수평선을 퍼 올리며
멧돼지, 노루 쫓던
정주 산골 김 포수로 돌아가 봅니다

수차 발판을
올라설 때마다

멧돼지 놓치고
노루 놓치고
수평선만 굽이칩니다

봉식이, 봉수, 철산이

정주로 가는 수차는
붉게 물든 노을을 휘감고
수평선을 감아올립니다

너도양지꽃

날짜도 요일도 잊어버리고
산속을 떠돌고 있다

길 없는 길을 걸을 때마다
발목을 거는 가시덤불
가시덤불을 넘어
오솔길로 접어들자
양지꽃은 양지꽃을 향해 피어 있고
오늘 중으로 못 오리라는 말을
통나무에 걸어놓고
그대는 비어 있다

곱게 쓸린 싸리비 자국에
찍힌 그대 발자국
산 아래 마을로 내려가고

그대 발자국에
내 발을 겹쳐 걸어본다

발자국마다 그대를 향해 피는

너도양지꽃

별똥별

달빛 아래 물꼬를 보러 다니는데
아이들이 전화를 한다
아직 물을 대야 할 논이 많이 남아 있는데
우주쇼를 봐야 한다며 옥상에 올려달라고 조른다

달이 지고 별이 밝다

긴 사다리 옥상에 걸치고
아이들과 옥상에 올라가 모기장을 치고 누워
페르세우스와 안드로메다 별자리를 찾았다

지상에서 불과 몇 미터 올라왔는데
별에 가까워진 느낌이다

별똥별 떨어질 때마다
소원 하나씩 말하기로 했다
작은아이는 피아니스트
큰아이는 돈이라고 했다

"아빠는?"

별똥별이 떨어지자
아이들은
소원은 말하지 않고
우아! 우아! 감탄사만 연발하고 있다

아이들 몰래 소원을 말하려는 순간
별똥별은
휙— 휙— 소원을 지우고
빛의 잔상만 남긴다

내려가는 길이 위태롭다

아그배 떨어지는 소리

차 문을 열고 물소리 거슬러 오르는 길
물소리조차 정적으로 스미고
달빛 받은 함석지붕 한 채
걸어 잠글 대문도 없이
산비탈에 기대어 있다

인기척만 나도 열어젖힐 것만 같은
방문 앞에서
그대를 부르려다
돌아선다

아그배 떨어지는 소리
밤새
그대 방문을 두드린다

아주 작은 별꽃 옆에서

주애리, 지통마
산골 마을 불빛이 켜질 때
우리도 바람재 정상에서
텐트 치고
손전등 하나
걸어놓았네

굴뚝에 연기는 나지 않아도
밥 짓고 국 끓여
반주 한잔 나누며
작은 꿈을 꾸었네

황악산 넘어
태백산 주목 군락 지나
백두고원 어디쯤 대간길 풀어놓고
작은 마을을 이룰 수 있다면
아주 작은 별꽃 옆에서
나 없이 그대만으로도 살 수 있겠네

통일전망대에서

임진강과 한강이 만나는 오두산 자락
강물을 뒤집으며 밀물이 들어온다
김포반도, 관산반도
손을 내밀어도 군사분계선으로 역류하는 강

전망대에서 망원경으로
송악산을 넘어 평산을 끌어와 보는 그대
철책 앞에서 망원경이 닫히고
닫히는 평산, 송산

대남 대북 방송이 부딪치는 사이
밀물은 잠시 흐름을 멈추었다
서해로 흐르기 시작하고
그 물길 놓친 아버지, 아버지는,

망배단에 향을 피워 올리는 그대 등 뒤로
군사분계선을 획 지우고 날아가는
쇠오리 떼

논물을 대며

농수로 수문을 열고
논두렁에 앉아
물 오기를 기다리네
내 옆에선 봄맞이꽃이 피고
수로엔 부들잎이 피어 오르네

부들 사이로
없어진 방죽이 보이고
부들 뿌리 뽑아 먹던 아이
우렁을 잡던 아이
풀피리 불며
보릿고개 넘어가던 아이도 보이네

물이 오기도 전에 무넘기로 아이들이
넘쳐흐르네

이성일

바다가 보인다는

바다가 보인다는
찻집에 갔다

바다는 안 보이고
푸른 하늘과
더 푸른 물덩어리가
통창 유리를
시퍼렇게 때린다

쨍, 하고
깨질 듯 터지려다
멎는 숨

바다는 안 보이고
한꺼번에 밀려오는 파도와
파도처럼 무너지던 사람들이
해안선을 하얗게
눈사태로 덮친다

방파제 끝에서
경광등처럼 분주히
깜빡이는 등대

말도 생각도
드나들지 않던 세상
밀고 떠밀리다
막다른 골목에서
벽처럼 딱딱하게
굳어버린 바다가

통창 유리에 전송되는지
찻집 여기 저기서
쉴 새 없이 울리는 핸드폰

갈매기 휙, 창을 스치자
통창 유리에 붙어
한 줄 한 줄
금이 가던 바다가

안 보이던 바다가

쨍 하고 흘러내린다

팽목항 눈사람

당신은 내가 아직
있지도 않은 곳에
서 있는 사람처럼

날리는 눈발에
흩어지는 눈발 뭉치며
굴러오네요

마음에 몸을 넣고
발 없는 몸으로
온몸 굴리다

푹푹 빠지는
발걸음 앞에
돌돌 구르는
눈덩이 앞에

우두커니
서 있네요

바다를 다 퍼서라도
아이를 구하고 싶다던

그 마음 둘 곳 없어
서성이던 발자국들

발 없는 몸으로
온몸 굴려 가지런히
품에 안아 감싸려고

당신은 내가 아직
있지도 않은 곳에
두 팔 환희 열고 서
우릴 향해 웃고 있네요

팽목항에서 불어오는

바람이 불고
바람을 보고

흔들리는 파도에서
흔들리는 당신을
흔들리는 등대에서
흔들리는 불빛을

품에 안은 분향소의
현수막이 보이고

찢어질 듯 펄럭이는
현수막의 귀퉁이를
놓지 않는 바람의
가는 손이 보이고

현수막 밧줄처럼
팽팽해진 바람의
심장 같은 불빛

축항 끝에서
깜빡일 때마다

그 바람 놓지 못해
세차게 펄럭이는
노란색 리본 같은
손이 다시 보이고

바람은 거기서
당신을 안아줄 듯
부풀다 말고
나는 여기서
찢어질 듯 다시
펄럭이다 말고

사랑, 개 같은 거라고

개 같은 사랑이라고
말해도 돼, 사랑이
개 같은 내 삶을
흔든 거라고

빳빳한 꼬리, 꼬리에
꼬리를 문 지하철에서
수없이 밟혀도
있는지 몰랐던

그토록 오랫동안
나보다 더 내 가까이서
나보다 먼 내 맞은편으로
몰아가던 어린양을
기다리던 늑대로부터

조금 자유로워졌다고
사랑은 늑대처럼
짧았던 밤마다 네가 불러낸

어리고 순한 양들을 너에게서 빼앗고
개 같은 굽실거림만 너에게 남겨둔
외로움일 뿐이야

사랑한다 사랑한다, 양치기 소년처럼
너를 사랑한다고 소리쳐도 돼

인간의 말로는 말할 수 없어
사람도 짐승도 아닌 목소리로
나를 길들이는 거라고

느리게, 때론 적막하게
생활이라는 생각에 꽂혀
나보다 익숙하게
나 자신보다 더
정확하게 나를
움직이는 초침처럼

사랑한다 사랑한다, 밤마다 널

사랑한다고 울먹이지 않아도 돼

사랑? 그건 늑대같이
언제나 한 걸음 앞에서
우리를 멈칫, 떨게 하는
두려움이니까

그러니 사랑?
그토록 오랫동안 같은 곳을 맴돌다
목줄같이 죄어드는 지평선에 발이 감겨
달 보고 울고 달 보고 짖는
사랑? 개 같은 거라고 말해도 돼

어제 내린 눈처럼

눈이 날린다
여기저기 불려 다니며
굵어지는 눈발

춥다, 웅크릴수록
눈발에 엉겨 붙는
흙 먼지 모래

흰빛을 잃어가는
생각도 춥다

일상에서 일상으로
질척이던 발걸음도
얼어붙겠지? 눈처럼

어제 내린 눈처럼,
언제 그랬냐는 듯
흰빛 덮인 세상도 잊고
까맣게 질척이다

얼어붙겠지?

공원 마로니에 4

― 첫눈

겨울 빈 공원에서 지하도에서
맨살 맨바닥에 깔고 웅크려
살아온 길 지우고 길 없이도
살아보려고 이리저리
뒤척이는 그대를 피해 걷다가

지하를 막 빠져나오는 순간
눈이, 저도 지상에 방금 도착했다는 듯이
얼굴에 가슴에 안겨들잖아

그 눈 온몸으로 받아보다가
마을버스 놓치고 돌아서서
이리저리 질척이다 흰빛을 잃은
그대 마음에 쌓이고 싶어

겨울 빈 공원에서 지하도에서
같이 뒹굴다 뭉쳐지는
그대 흰, 눈사람이고 싶어

가을 숲 환하도록

바람이 분다,
이제는 그만
놓아야겠다.

여름내 어두웠던
숲길 조금 환해지도록

가난이 키우던 무성한 이파리,
지나간 겨울은 다가올 겨울만큼
춥고 어두울 거라는 불안

바스락거린다, 떨어지면
딩굴다 부서질 거라는 몸짓들이다.

바람이 한 잎
바람에 한 잎

딩굴다 흙빛에
양지 돋을 즈음

그늘진 곳에서 누군가가 바스락거린다. 다람쥐나 청설모려니 하고 귀 기울이니, 빛은 안 보고 빛의 속도로 온라인 게임 얘기뿐인 아이들이다. 가만히 다가가 뭐하니? 하고 묻는다. 난데없다는 표정으로, 뭐냐고? 되묻는 아이들보고, 누구냐고 묻지 않고, 뭐냐고 묻는 아이들보고, '내가 니 애비다' 말하지 못하고, 확 달아오른 얼굴로 돌아서 흔들린다.

　바람이 불고, 아직
　놓지 못한 질문들이
　분노처럼 타오른다.

가시연꽃

다 자란 연잎은
직경이 이 미터가
넘는다고 하네요.

지친 왜가리 한 쌍
쉬었다 갈 만큼
넉넉한 크기지만

줄어들 대로
줄어든 연잎은
온통 가시투성이군요.

물 위를 스쳐 가는
새 구름 하늘은
흘러가는 대로
고요한데

물 위를 스쳐 가는
바람 노을 그대는

흘러가는 대로
물결치네요.

나 그대 없이 흔들리다가
잔물결에 에워싸여 어두워지면

어둑해진 나를 모두
연잎으로 줄여놓고
피다 진 듯 웅크린
가시연꽃 피네요

쌀을 씻다가

―지리산 1

너럭바위에 확을 파고
그분들은 거기서 무엇을 갈았을까?

쌀을 씻는다, 쌀 씻는 소리가
백운산 계곡 물소리와 겹친다
생쌀 움켜쥔 손이
퐛돌처럼 단단해진다

여순사건 때 반란군들이 머물렀다는, 옥룡면 심원마
을 동곡분교 터쯤에서 쌀뜨물을 버린다. 영문도 모른
채 죽여야 할 제주도 사람들의 얼굴이, 고향에 두고 온
가족들의 얼굴과 겹쳤던 걸까? 아니면, 군인은 군인과
싸워야 한다고, 군인이 민간인을 죽이는 건 죄악이라고
생각했던 걸까?

학살과 반란 사이에서 넘치던 죄가 수챗구멍을 빠져
나간다. 수도를 틀자 물소리 산으로, 백운산 계곡으로
역류한다. 산죽에 묻힌 진지며, 돌 더미가 무너져내린
무개호가 보인다. 거기다,

살길 없어도 살아지는 시간들과 남은 식량과
자책하고 후회하고 분노하던 자신을
확독에 쓸어 넣고 이 갈듯
폿돌로 갈아가며 민족 앞에
죄 앞에 흐려지던 신념을 돌려세우며
백두대간 쪽으로 산길을 하나씩
살길로 바꾸고 있었던 건 아닐까?

백운산 꼭대기에 뜨물처럼 떠 있던
지리산 능선이 밥물 높이에서 잘박거린다.

시계 제로

―곤신봉 대공산성 터에서

새벽 6시, 밤새 내리던 겨울비 진눈깨비로 바뀐다. 횡계버스터미널로 향하는 차창 유리에 세차게 부딪치는 눈보라, 입산 통제와 조난 사고 사이를 쉴 새 없이 오가는 와이퍼,

삐걱대다 멈춘다. 국사성황당과 대관령 옛길이 갈라지는 곳에서 지난 봄길 불러와 기웃거리다 선자령으로 발길 돌린다. 나즈목이 지나자 굵어지는 눈발

다시 삐걱대는 무릎관절, 아직 11시. 한 번 더 일몰 시간을 확인하고, 안개 눈 자욱한 바람 속을 걷는다. 아직 3시,

야생이 뭔지도 모르면서, 거리와 고도를 시간으로 바꿔 읽다 곤신봉에서 휘청. 순간최대풍속 이십사 미터퍼세크, 시계 제로. 서둘러 대공산성 쪽으로 방향을 돌린다. 양력에서 음력으로, 시간마저 화이트아웃.

1894년 음력 11월. 홍천군 내촌면 물걸리에서 백기

펄럭이며 혁명의 바람으로 백두대간을 넘나들던 동학
군 유격대장 차기석 접주*. 1895년 을미 12월, 대간 산
군山群에 흩어진 포수들 모아 대공산성에 집결시키고,
일본군과 결전을 치른 민용호권인규송형순이병채권종
해권익현권명수이경한김윤희최중봉신돌석성익현정경
태이강년이소응…….

　미친 듯 펄럭이던 시간들 눈덩이처럼 굴러 내린다.
무너진 산성 터 여기저기에 흩어져 있는 성돌처럼, 돌
같은 이름처럼, 들썩거린다. 그때

　쏟아져 내리던 구름 안개 바람의 절벽 위에서
　반짝하고 빛나던 것은 무엇이었을까?
　웅웅거리던 풍력발전기의 거대한 블레이드?

　두려움을 빛으로 변환하려고?

　멈출 듯 멈출 듯 맞바람 안고 돌다
　바람 저편에 흩어져 날린

눈 같고 얼음 같은
동학농민군들의
혼?

눈, 눈, 화이트아웃.

---

*   차기석(?~1894) 접주는 강원도 오대산 아래쪽을 중심으로 최후까지 유
격 활동을 벌인 동학농민군 지도자로 태어난 해나 출신 성분은 알려져 있지 않
다. 1894년 음력 11월 22일 강릉 선교장에서 이회원이 지켜보는 가운데 막걸
리 한 잔과 돼지고기 한 점을 삼키고 효수당했다. 그의 잘린 몸은 원주의 순무
영으로 보내져 조리돌려졌다고 한다.

최수현

여우비

보슬보슬 여우비
꼬리로 튕기는 햇빛

마당에서 상추 씻는 할머니
비녀 끝으로 튀고

호랭이 장가간갑네
우렁찬 목소리에

또르르
꼬리 말아
한낮 속으로 숨네

놀이터

환한 햇빛
아이들의 함성
찰랑대는 푸른 나뭇잎
꽉 찬 웃음소리
엷은 바람
바삭거리는 모래 먼지

작은아이 손을 잡고 미끄럼틀 앞에 멈춰 섰다
사내아이 다섯
놀이터를 휘저으며 뛰어다닌다
달아오른 볼, 부딪치는 숨소리, 째지는 고함
작은아이가 내 손을 꽉 잡는다

던져, 하, 하, 빨리, 여기, 하, 하, 하, 던져, 던져, 어디
야, 하하하, 잡아봐, 묻어, 땅에, 하하, 여깄다

놀이터를 휩싸는 모래바람
아이들 까만 머리, 꼭 붙어, 뭔가를 쳐다본다,
속삭인다, 울리는 소리,

야, 죽었냐?

아, 도마뱀
가운뎃손가락만 한 작디작은 도마뱀
먼지옷 입어 하얗게 갈라진 도마뱀

보도블록 건너 잔디밭에 버려진다

다국적 휴게실

―뉴질랜드 일기 2

김일성 주석의 사망 소식을 인사 대신 듣던 날
휴게실 탁자 앞으로 세 명의 남자들이 다가든다.
그들이 세계 정세에 대한 식견을 공작새처럼 뽐내며
펼쳐 보이다가
젊거나 나이 든 남자에서
서서히
일본인, 스위스인, 오스트리아인으로 바뀔 때,

예정대로 갈 거냐고, 무섭지 않으냐고, 그런 땅에서
어떻게 사느냐고
눈을 반짝이며 물을 때,

내 얼굴에서 젊은 여성의 가면이 조각나며 떨어져
나간다.

소나기가 퍼붓고 무지개가 뜨는
다국적 휴게실 창문엔
전운이 감도는 아슬아슬한 땅,
싸우쓰 코리아에서 온

분단국 국민이 내 자리에 앉아 이쪽을 쳐다보고 있다.

만남

-북쪽의 수현에게 2

　바위 여기저기 부딪혀 울리는 만물의 이름만 슬쩍 듣고 내려온 길, 당신이 서 있었습니다. 수줍은 미소 사이, 눈길을 피하는 고갯짓 사이, 동명이인, 당신의 눈동자에서 발원한 투명한 담 반짝입니다. 당신을 모른 채 살아왔지만 닮은 웃음, 닮은 여자아이, 닮은 아픔이 보입니다. 닮아 있을 우리의 미래도 담 위를 빠르게 스쳐 갑니다. 구름 그림자처럼. 침묵으로 주고받는 우리의 이야기 사이, 한 사람, 만물의 고통을 걷어낸 환한 얼굴로 걸어 들어옵니다. 강렬한 눈빛 쏟아지고, 나도 당신도 그 빛에 이끌려 고개를 돌리지 못합니다. 우린 다시 마주 섭니다. 들리지요? 저 목소리, 낮게 만물상 아래를 울리는 저 목소리. 가서 꼭 안아보라고, 한 핏줄로 피 도는 상像을 만들라고.

빛이 밀려온다

금강산 미인송 숲에서 불어오는 서늘한 바람을
가슴에 새기고
뒤로뒤로 밀려나는
온정리 나지막한 집들을 잊을세라
굳은 침묵에 온몸 기대며
우리는 돌아온다
버스는 덜컹덜컹 넘는다
선, 선, 선, 산,
흰, 바위산,
다시 열리는 남방한계선 지나 바다다
등줄기를 쓰다듬는 듯한 흰 포말,
아직도 여름 빛깔 남아 있는 식물들,
까슬한 눈꺼풀에
낯설게 부딪쳐오는
첫 간판, 그리고 간판

(우린 떠났던 곳으로 돌아온 것일까?)

매끄러운 도로의 진동을 타고

버스는 남쪽도 북쪽도 아닌 길로 질주하고
그새 정든 풍경들, 다시 밀려오고 밀려난다,
잘 있어요, 잘 가세요,
만물상 밑에서 출렁이던 그대의 엷은 갈색 눈동자
차창에 차오른다

빛이 밀려온다

발자국

어둑해진 섬진강 모래밭 멀리
날다 앉는 흰 새
그 너른 날갯짓을 쫓아 뛰어가다
아이들이 멈춘 곳,
발자국들이
찍혀 있다.

누구지?
누구지?

아이들 목소리에 또렷해지는
새 발자국, 옆에 선명한
수달 발자국, 옆에
아이들이 고운 발자국을 보탠다.

다음엔 누가 올까?

아침가리

어디로 들어가는 줄도 모르고 졸다가
멈춘 차 밖으로 나가니
깊은 산속 아침가리
내 눈엔 흰 구름 아래 집 한 채,
그러나 사람들이 떠나간 집
내 눈엔 마른 풀들 반짝이는 빈터,
그러나 놀리고 있는 땅
예전엔 농부가 아침나절 갈던 밭

(대간길에 점점 돌을새김되는 진짜 아침가리)

방태산으로 향하는 길가,
싸리꽃 눈부신 흰빛이 따갑다.

들리지? 그 소리

한북정맥 청계산, 급경사 밑에서 잠시 밧줄을 놓는다. 숲이 우리를 서서히 에워싼다. 어둡고 축축하다. 정상은 어디쯤 있는지, 이상하게도 밧줄을 당길수록 바위들은 더 높이 올라가 짙은 녹색 이끼로 뒤덮인다. 부드러운 두께감이 손바닥 전체로 퍼진다. 그제야 아주 오랫동안 손바닥이 있는 것도 모르고 산 것을 알게 된다.

첫 산행에서 바위를 탄
아이들은 바위에 엎드려 귀 기울인다.

'바위가 포근해. 그런데 무슨 소리가 들려.'
'나도 어릴 때 그 소리 들은 것 같아. 혼자 길을 걸을 때, 막 잠들려 할 때, 내가 돌아가곤 했던 숲속, 나무 안 집에서 사는 작은 몸 아이들이, 쿵, 이끼 낀 길로 뛰어내렸는데. 이제 생각나. 그 소릴까?'
'바위가 되울리는 숲속의 소리 같아. 내 심장 소리는 아니야.'

아이들은 숲을 깊이 들이마신다.

아이들을 거쳐온 숲 냄새가
내 온몸을 돌아 숲속에 울려 퍼진다.
나는 거제수나무 냄새
너는 자작나무 냄새

아이들은 정상에 올라 굽이쳐오는
백운산, 국망봉, 강씨봉
한북정맥 하늘금을 보며 속삭인다.
'들리지? 그 소리.'
'응, 쿵쿵, 정맥이 뛰는 소리야.'

가리왕산

얼굴 모르는 사람이라도 함께
대간길로 발길을 돌리면
퇴적층을 이룬 상처 깊숙이
안으로 찍히던 발자국 소리 멀어지고
두 발에 초점이 잡힌다

숙암리에서 임도를 따라 올라가니 3월,
냉기 깔린 그늘 길, 산간에 내린 눈이
껍질 얇게 벗겨진 왕사스래나무에서 쏟아져 날린다.
원시림 사이로 눈 알갱이들이 사선을 그으며
금강초롱꽃 위에 내려앉아 눈부시게 빛을 낸다.

밤새 차갑게 달궈진 산길
온몸으로 물기 빨아올린 구릿빛 산벚나무들,
봄 타는 연두빛 생강나무들,
그 사이사이에 숨 쉬며 서 있기만 해도
눈 속에서 눈이, 생각 속에서 생각이 트인다.
그때 바람을 타고 원시림을 뒤흔드는 소리
산꾼들이 가던 길 멈추고 소리에 가만히 기대어본다.

봄 모퉁이 지나 진동하는 수액 냄새,
밑둥 잘린 소나무 그루터기 뒤쪽에서
톱질 소리에 붙어 오는 생나무 쏟아지는 소리,
까마귀 떼가 허공으로 날아오르다가 계곡으로 내려
앉는다.
덤불 엉킨 건천엔 마른 나무들 첩첩 쌓여 있고
덤프트럭 몇 대가 먼지를 일으키며
플래카드를 막고 언덕에 걸려 있다.

바람이 불 때마다 먼지 속에서
펄럭이는 녹색 깃발, 평창 동계올림픽의 선언,
'산이란 산은 포클레인과 올림픽의 주인들이 소유한
다'고 외치는 소리를
하얗게 질린 자작나무들이 일렬로 서서 듣고 있다.

중봉에 오른 산꾼들이 아아아 하고 소리칠 때 원시
림이 으아악! 하고 메아리친다.

1호선 소년

   덜커덩, 흔들리는 손잡이들, 핏기 없이 건조한 손들이 빽빽하게 부여잡은 허공으로 휙, 쉰내가 잠입한다. 날아드는 소년. 노량진 수산시장 갈치 떼, 그 은빛에 남은 비릿한 파도의 꼬리처럼.

   막 쓰레기통에서 나온 듯한 손으로,
   껌으로 앞을 들이밀며 가던 소년이
   젊은 여성에게 떠밀려 온다.
   한 번, 위로 솟는 가는 팔, 미소,
   두 번, 짠 내 풍기며 흔들리는 손,
   젊은 여성이 고개를 저으며 굳어진다.
   세 번, 그녀의 얼굴을 향한 얼음 광채,
   네 번, 허공을 깨는 목소리, 껌, 껌

   불쑥
   소년이 젖가슴을 만진다.

   순간 얼어붙는 객차, 끝에서부터, 거대한 냉기 판이 소년의 손만 밀어 올린다. 손이 젖가슴을 만지고 있다,

마른 손이 천천히 움직인다, 살결이 부드럽게 잡힌다, 손이 젖가슴을, 얼음 눈 소년이 젖가슴을, 어머니를 만난 것처럼 붙박여 만진다. 눈썹 올려붙인 채 얼어붙은 얼굴들 가로막고 손만 반짝이며 젖가슴을 어루만진다. 순식간에 멎어버리는 시침, 분침, 째깍째깍, 소년의 얼음 손만 움직인다. 또르르 구르는 얼음 목소리.

　젊은 여성이 처음엔 어르다가, 큰소리로 가라며 떨고 있는 동안
　옆에 서 있던 젊은 남자 몇이 달라붙어
　소년을 떼어낸다. 경찰에 넘긴다고 위협한다.
　소년이 노려본다.
　손을 들고 화인처럼 찍힌
　체온을 빼앗기지 않으려고
　온몸으로 온몸을 감싸안는다.

　열차는 서서히 입 벌린 역으로 들어서고
　그때, 남자들 사이를 비집고 나오는 젊은 여성,
　가만히 소년의 어깨를 감싸 쥔다.

남자들은 허공에 손을 올린 채 엉거주춤 서 있고
역방향 지하철은 현장 검증을 하려는 듯 멎어 있다.

대기의 숨소리

태아가 사산되었다. 고위험산모실, 열여덟 어린 산모 옆으로 검은 근육질 아이 아빠가 앉았다 가고, 난폭한 거리의 말끝에 흔들리는 생명의 시간, 머리를 얌전하게 올린 마흔다섯 신부는 집에서 배달해 온 상추에 하루 분의 평화를 쌈 싸 먹고, 회진 도는 의사들, 친구가 왔 다 가고, 안부 인사와 수다 사이로 긴 침묵이 붙고, 하 루가 진다. 숨소리, 뒤척이는 소리, 불면의 조심스러운 발자국 소리, 다급한 침대 바퀴 소리, 출혈 후에 잦아드 는 신음 소리, 무서운 냉기

오월의 바람이 길마다 가득 찬다.
치마가 새파랗게 부푼다.
푸른 아이들이 오고 있다.

아가, 움직여봐. 여긴 바람, 온통 초록 바람이란다, 엄마, 목이 말라요, 바다가 마르고 있어요. 자, 이제 땅 을 디딜 시간이야. 깨어 있어야 해. 살갗이 아파요. 몸 이 조여요. 점점 빠르게. 네 이름을 계속 부를게, 네가 오는 길로 열려 있을게, 움직이렴, 움직이렴, 엄마, 답

답해요, 숨, 숨이 필요해요, 아가, 내 아가, 조금만, 조금
만 더, 이 바람을 크게 들이마실게, 그때 느티나무 아
래서 배를 만질 때처럼, 네가 힘찬 발길질로 나뭇잎들
과 함께 웃었을 때처럼, 엄마, 아파요, 거긴 어떤 곳이
에요? 여긴, 빛이 길을 내는 곳, 모든 계절에서 오는 바
람이 너를 기다리고 있어. 엄마, 저 소리, 들려요? 아이
들이 가고 있어요. 그래, 마지막 파도를 올라타. 놓치지
마, 엄마, 가요 우리, 빛, 빛, 저 빛을 타요.

　세상의 침묵이 한곳으로 모여든다.
　대기가 숨소리를 싸고 응축된다.

눈사람을 향해

—한국어 교실 2

점점이 떠다니는 눈발로
색색의 히잡에 눈 사막을 펼친
한국어 고급반 여학생들,
키스하는 남이섬 눈사람 조각에
입술을 대어보고 마주 보고 웃네요.

열풍이 스친 낙서가 가득하네요.
큰 하트 안에
아랍어로 새겨진 화살을 발견하고
이집트에서 온 여학생이
설레는 목소리로 번역해주네요.

"첫 키스는 눈사람과?"

눈사람 조각이 녹지 않는 건
지상의 사람이 아닌
눈사람과 눈사람, 첫 키스의 진액 때문이었네요.

눈사람에 이름 붙고, 피가 돌기 시작하면?

녹아버리겠지요?

피가 돌다 멈추면?

눈사람은 작은 스핑크스가 되겠지요?

스물 갓 넘긴 여학생들이

큰 대 자로 누워 뒹굴다가

복숭아빛 뺨을 붉히며 눈덩이를 굴려 가네요.

고급 한국어는 눈사람을 통해 배우는 것이라는 듯

눈발이 그쳤는데도 눈사람을 향해

온몸으로 온몸을 말아 굴려 가네요.

이승규

갈 수 없는 동네

전철이 멈추면
찬바람만 하차하는 곳

헐린 집 사이
드문드문 새는 인기척
집보다 풀
어둠 속 어둠
불 끈 전철 지날 때마다
걷어 가지 않은 빨래가
몸서리칠 것 같은 마당
아기도 깨지 않고
엄마도 어르지 않는 방

오래전에 네가
그 집에서 자라났다
실금처럼 얽힌 골목 달리다
돌아와 오줌 누는 흰 마당에서
문득 달에 기어오르곤 했다

그 달 차츰 기울어
콩나무 줄기조차 넘어지고
남아 있는 건 뭐든 파헤쳐진 땅
떠난 사람마다 잊으려고 애쓰다
꿈에서나 먼지 묻은 개나리처럼
활짝 폈다 지는 동네

출구로 입구를 비틀어 막아
아무도 찾아갈 수 없는 곳
지붕 없는 구들장에 잠든 누군가
아직 떨면서 남아 있는 나라

가죽일체수선

코끼리 같은 남자가
손바닥만 한 의자에 쭈그리고 앉는다
무릎 위에 하이힐을 올려놓고
온 신경을 바늘 끝에 모으지만

터진 신발짝 같은 생활을 질질 끌고 다니다
중고 트럭에 수선 부품과 노하우를 싣고 온
모래내시장에서 자꾸 흐려지는 눈을 비빈다

그가 옆으로 밀쳐놓은 핸드백에서
인조악어가 빠져나오자 슬금슬금
양과 소가 옷걸이 뒤로 뒷걸음친다
구두굽에 못 박는 그의 단호한 망치 소리에
동물들이 제각기 자리로 되돌아간다

그는 관록 있는 조련사다
그가 웅크리고 손보기만 하면
양 잠바가 배달 스쿠터를 부르릉 몰아대고
들소 구두가 후다다닥 시장 바닥 내달린다

그의 팔뚝에도 용이 막 승천하고 있지만
뚜렷한 흉터가 지퍼 닫듯 손등을 잇고 있다
하지만 그의 손은 그 누구의 과거도
어김없이 받아들인다

냄새 나는 진창길 달려왔어도
어딘가 찢겨 실려 왔어도
감쪽같이 아물게 하고 새살 덧댄다

죽어서 이름 못 남길 사람들
뒤틀리고 헤진 가죽 쓰다듬는다

검룡소[*]

1

이무기와 바위와 자갈들 말고
몇 그루의 나무들이 그 안에 살고 있는지
검룡소에선 사람 내장도 홀라당 비쳐 보이지
요건 심장, 요건 허파 가리키며 킬킬대다가
검댕 묻은 마음도 비쳐 문득 웃음 멈춰진다면

2

바람 찬 금대봉 기슭에
엔진 뜨거워진 자동차를 세워두고
눈 속에 발을 푹푹 빠뜨리며 걷는다
노루 발자국 어수선한 비탈을 지나
사진기 들이대고 찍어대던 사람들이 돌아가고
주춤거리다 검룡소를 만난다

이토록 투명하게 솟구치는 샘

천상도 지상도 아닌 산중 이 물속에
얼얼하게 눈빛을 담았다 빼내면
천 가지 마음이 동시에 탈색!
하고 생각에 빠지는데,
갑자기 나무들이 웅성거린다
이무기가 잠을 깨려 하는지
바위가 한번 꿈틀, 하더니
금세 수면이 잠잠해진다

3

물에 스친 구름, 바람에 설레다
나도 몰랐던 내 얼굴 비춰주는 검룡소
굽이굽이 한강으로 흘러가 열뜬 불빛 식혀줄
검룡소 맑은 물을 조심스레 병에 담는다
몇 모금 마시고 나머지는 차에 싣는다
서울 집 어항에 쏟아부으면
어색하고 낯익어 퍽 당황해할 수돗물

그보다 먼저 돌아가는 차 안 내 뱃속이

요동을 칠지 모르지만

대추나무 이력서

　너는 경기도 산곡 개울 물소리에서 왔다, 아니 오솔길이 내려다뵈는 산턱 새들의 흐린 날갯짓 소리에서 왔다, 아니 너는 땅속 촉촉한 흙알갱이 얼음 녹는 소리에서 왔다

　오다가 너는 할아버지 어깨에 얹혀 혼절했고 빼곡한 지붕 사이 쟁반만 한 화단에서 벌컥벌컥 냉수 들이마시고 소생했다

　연탄가스에 동치미 국물 들이마시던 우리와 같이 네 키도 쑥쑥 자랐다, 석양이 꽃물처럼 번지던 날, 너의 열매 붉어지고 골목을 단숨에 오르던 우리 심장도 부풀어 올랐다, 등화관제 속에서도 서로의 눈빛만 총총히 빛나던 날, 천장에서 쥐들이 비밀스레 웅성거리고, 더러는 엿장수도 바꿔가지 않는 나날, 화단에 묻어놓은 딱딱한 새가 흥건히 비 맞는 꿈에 잠을 깨곤 했다

　대추알은 할아버지 손등처럼 주름져야 제사상에 올라갔지만, 중풍에 할아버지 쓰러지신 오후부터 너의 잎새 바래고 줄기 메말라갔다, 서서히 축대 금가고 어느덧 마당 딸린 집도 버려지자, 후루루 열매 쏟아내던 가지, 무수히 빗방울 받아대던 잎들, 감기 걸려 쳐다보면

오돌돌 떨고 있던 줄기, 그대로 남겨두고 우린 떠났다, 네 이력은 거기서 끝이 났지만 옥탑방에 누운 오늘 내 이마 위로 너는 뿌리 서린다, 톡톡 콧잔등 두드리다 시고 단 대추알을 한입에 쏙 넣어준다

　나뭇가지 스치는 날갯짓 사이로 개울 물소리 건너간다, 녹다 만 얼음 녹으면 돌아가신 할아버지 석양을 안고 산곡으로 까맣게 걸어가신다, 무너진 화단을 넘어와 너도 올 때처럼 할아버지 어깨에 얹혀 흔들, 흔들거리며 가고 있다

칠장산에서

죽산에 있지만
대나무가 적은 산
가느다란 개천 흘려보내며
한적한 세월 나는 나이 많은 산

언젠가 횃불 들고 관아 습격하던 장사들을
산죽 틈에 숨겨주었다
죽림으로 끌려가 참수당하던 천주교도들의
나지막한 기도 소리 듣기도 했다
어느 날 포성도 잦아들고 동구나무 우지끈 부러지고
배급받던 소년들이 산에 올라 배고픈 메아리를 불렀
다
한 소년이 자라 군화 조여 신고, 심장이 점점 뜨거워
져서
정상에서 마을로 내처 달렸다, 포탄에 주저앉던 윗말
공부방에서
공부하던 소녀 만나 같이 살았다, 타지에서 아일 낳
았다

타지에서 큰 아이가 백두대간을 흘러 내려왔다
정맥 갈림길 찾아 이 산에 돌아왔다
고요히 바람에 귀 기울이다가
무성한 고함 소리, 발걸음 소리 새겨듣고
무참한 피냇물과 눈물의 골짜기 간신히 돌아
할아버지 같은 칠장산, 은은한 햇볕에
축축한 껍데기를 말린다

열원烈院을 지나며

번개가 친다
느티나무가 술렁인다

아버지가 떨어져 팔이 부러졌다는 나무
의병 이백 명 밥을 해준 종갓집
순사들이 몰려와 불 지르자
증조할머니가 뛰쳐나와 갓난아길 싸서 넣었다는
속이 텅 빈 느티나무

너러니 지나 녹박재 넘자
구름이 더디 흘러간다
할머니 친정집이 있던 곳
유학 다녀온 다정한 오빠들 때문에
빨갱이 집안으로 몰렸다는 마을

어린 아버지가 잠결에 마당 나섰을 때
외양간 어둠에 숨어 있던 외삼촌이
울음 깨물고 나와 조카 양볼 품어주고
인민군이 한 줄로 걸어 올라 퇴각한

그 길 따랐다는 정맥 산줄기

바람이 잠잠해져도
빈 나뭇가지가 번쩍거린다

군락

북에서 흐르는 남대천 따라가는 길. 앞산 군사관측소 너머 오성산이 아른거린다. 막힌 길을 돌자 대전차 장애물 사이로 좁아지는 도로. 양편으로 눈부시게 노란 꽃 핀 애기똥풀이 모여 있다. 저절로 꽃들에 다가서다 철조망에 지뢰 표지에 부딪친다.

천천히 생창리로 들어선다. 아이들 소란스러운 공터. 생창상회 아주머니, 한가하게 아이들 바라보다 마주치는 눈길에 봄볕 묻어난다. 아랫동네 내려왔다 길이 막혀 헤어진 가족을 오십 년 동안 그리워하던 친정아버지 얘길 하다, 성탄절 관측소 방문 때 하나도 안 변한 고향 마을을 글썽이며 바라보던 얘기에선 봄볕도 그만 그늘에 진다.

그늘 안에서 무언가 고개 내민다. 가는 다리 휘청이다 낯선 눈길에 부들부들 몸 떠는 새끼 멧돼지. 산 밑에 버려진 걸 아주머니가 감싸서 데려왔다는 새끼 멧돼지. 눈길 익숙해지자 조심스레 손바닥을 핥는다. 바둥거리며 우유통을 빤다. 어느새 아이들도 웃고 떠들며 멧돼지를 둘러선다. 노랗게 군락을 이루고 있다.

고한에 뜨는 해

도박판 금을 캐다 밑천 날린 아버지들이
칼날 같은 능선에 매달려 넘던 곳

금대봉에서 번져 오는 바람에
금마타리 묵은 홀씨처럼 날려 온 나도
폐광촌 탄가루에 섞여 두문동재 넘는다

높은 철길 낮은 텃밭 지나
검은 사택 금 간 담벼락에
아이들이 그려놓고 간 샛노란 해
두 눈 아리게 타오르고

그 해 마주 보고 금마타리 피기도 전
막장 같은 내가 피어난다
피어나는 나와 나 사이 뚫린 골목에서
스르륵 들창 열리고 개 짖는 소리 퍼질 때
잡풀 사이 녹슨 그네들이 삐걱거리며
대간 위로 떠오르고 떠오른다

냉기가 향기롭다

새벽빛에 깨어나는 눈빛
앞서간 사람들 말소리도 끊기고
깊숙한 발자국만 토왕성빙폭으로 향해 있다

세찬 바람은 협곡 아래로 불고
돌아보면 눈, 눈절벽
어디서부터 혼자 나는 걸어왔을까
눈발에 이정표 꺾이고 묻힌 길을
얼음장 물소리 따라
회오리치는 찬 햇살에 끌려
올라왔을까

휘청, 미끄러져
무릎까지 빠진 다리를 꺼내다
지나간 발자국에 내 발자국 포갠다
언 발자국들 문득 줄이어
산정으로 흘러 흘러 오르고
섞여드는 말소리, 웃음소리에
우웅 웅 울려드는 빙폭의 숨결

눈길 지나 얼음길

얼음길 지나 허공길

솟구치다 아찔하게 끊겨버리고

먼 곳으로부터 날리는 눈발 속에서

이 겨울이 향기롭다

흘리

1

흘리에 갔다, 한여름이었다, 대간종주기념비들을 지나 산마을에 들어섰다, 비닐하우스와 문 닫은 스키대여점이 늘어서 있었다, 구멍가게도 사람도 보이지 않았다, 마산봉으로 뻗은 슬로프가 풀에 덮이고, 창이 휑하게 뚫린 리조트 건물이 땡볕을 들쓰고 있었다, 하늘에서 아이들이 스키를 타고 내려왔다는 분교 운동장은 비어 있었다, 홀1리, 2리, 3리를 돌아 다시 진부령에 내려왔다, 향로봉으로 통하는 군부대 입구를 바리케이드가 막고 있었다

2

흘리에 간다, 함박눈이 내린다, 고개에서 눈에 파묻혀 오래 서 있으면 흘리로 가는 눈길이 열린다, 흘리는 정말 눈 세상이다, 비닐하우스도 스키장도 없고 마산봉으로 가는 눈 사면만 반짝인다, 굴피 지붕 연기가 휘어

진다

　마을 뒤 마산봉에 올라간다, 사위를 빙 돌아 신선봉
과 향로봉을 잇는다, 향로봉 너머 이어진 다른 산들을
그려본다, 다른 산에서 흘러들어 온 흘리 사람들이 그
러듯이, 다시 추워진다, 마산을 내려간다, 여전히 굴뚝
연기가 피어오른다, 아이들이 스키를 메고 학교를 나와
줄지어 걸어간다, 아이들은 스키 끝에 흘리를 매달고
산 위로 미끄러지듯 올라간다, 석양에 묻히는 아이들을
따라 산등성이로 흘리가 아주 사라진다

　3

　흘리에 가면 흘리가 없고
　눈 속에 갇혀 길을 잃어야 열리는 길
　대간이 끝났다 다시 시작하는 곳
　스키를 타고 야, 야, 내지르는
　아이들 함성 속에 피어나는 마을

아이들 소리가 바람에 실려 온다
아이들이 오기 전에 떠나야겠다
산줄기가 달려가는 어딘가 숨어 있을 마을
또 다른 흘리로
눈발이 지우면서 살아나는
영영 사라지지 않을 흘리로

박성훈

빅뱅

배꼽이 유일한 통로
잘라내기 전 줄을 따라가면 태,

태는 바다
별빛 하나 없는
가볍게 일렁이면서 철썩거리는

검은 바다는
무한히 작고 작은 한 점에 착상한
태초의 판도라

없는 시간 속
없는 속도로
한순간보다 빨리 터지고
한순간보다 빨리 팽창하는
우리는

우주적 은하계적 태양계적 지구적 내적
욕망

양자量子역학 혹은 양자兩者역학

살아 있으면서 죽어 있다니

도무지 말이 안 돼잖아, 어떻게 이거면서 또 저거야, 선택해, 이거야 저거야, 동시에 둘 다 일 수는 없어, 니가 무슨 고양이야? 살아 있거나 죽어 있거나, 살아가는 과정이거나 죽어가는 과정이거나, 선택해

그런데, 가만 생각해보면 우린 모두 살아 있으면서 죽어 있잖아, 죽어 있으면서 살아 있지, 이거 아니면 저거는 없어, 이거면서 저거지, 회색분자? 기회주의자? 양다리? 아니야, 그렇게 간단하지 않아, 흑과 백 사이에는 몇 가지 색이 있을까, 너와 나 사이에는 몇 가지 감정이 있을까, 우리는 모두 알갱이이면서 결이야, 너도 마찬가지야, 알갱이라서 나와 부딪치지만 결이어서 나를 관통하지, 물방울이면서 물결, 그러니까 살아 있으면서 죽어 있는 거야

사랑하면서 증오하면서, 사춘기에 삼춘기에 이른, 그러니까 여전히 아이이면서 어른인

역사의 현장

어느 날 구글맵에서
우리 아파트 자리의 옛 풍경을 보았다

흔적도 냄새도 사라진 자리는
판잣집 같은 작은 공장들과 창고들
간간이 비닐하우스
사이사이 텃밭들
잡초 무성한 경사지 사이에서 자라는 쓰레기들
우주에서 보면 고물상 알록달록 고물더미

"하남시 서울 편입을 찬성합니다"
집값 오르고 좋지 뭐
사람들은 기대는 안 한다지만,
나는 찬성도 반대도 안 했는데 나도 모르게 주민일
동이 찬성한다는
현수막이 거리 곳곳에 빼곡히 나붙었다

마을 남쪽은 남한산성
마을 북쪽은 잠실

그러고 보면 이곳은 쪽팔리고 비통한 역사의 현장
한때는 달디단 샘이 나오는 마을이었다는데
그 샘, 어디 있었는지는 모르겠지만
가득 들어찬 아파트 단지 너머로 롯데타워가 솟아
있다
구름에 가려 안 보이는 꼭대기까지
무엇을 쌓아 올렸을까
나는 무엇을 깔아뭉개고 살고 있을까

키 작은 오백 살 느티나무 홀로
아파트 그늘 속에서 살아남았다

전공

수학과를 나온 친구는
풀리지 않는 가계를 놓고 술을 마셨다.

경양학과를 나온 친구는
경영할 것 없는 가계를 놓고 술을 마셨다.

철학과를 나온 친구는
해석할 수 없는 가계를 놓고 술을 마셨다.

기계공학과를 나온 친구는
제어할 수 없는 가계를 놓고 술을 마셨다.

영문과를 나온 친구는
영문 모를 가계를 놓고 술을 마셨다.

고졸인 친구가
아침 일찍 출근해야 한다면 일어섰다.

국문과를 나온 나는

말문이 막혔다.

몇은 취해야 했고
몇은 취할 수 없었다.

단순한 물음

무엇이고 싶었던 시간들
무엇도 아니고 싶었던 시간들

뭐야? 뭐야?
작은 손가락을 가리키며
아기가 묻는다

강아지풀이야
나무야
새야
시소, 그네, 하늘, 미끄럼틀이야

사방을 가리키던 손가락이
나를 향한다

나?

너에게 아빠인 나는
나에게 누구일까

그때 바람이 불어왔다면
바람이라고 했을까
바람이 되고 싶었을까

무엇이고 싶었던 시간들이 지나고 나면
무엇도 아니고 싶었던 시간들이 지나고 나면
마지막 남은 게 나일까

내가 모르는 미래에서 온 아가야
너는 아니?

지동설

돌고 돈 하루 끝에는
수염 덥수룩한 사내와 마주친다.

걸을 때마다 그는
달아나는 마음을 툭, 툭, 걷어찼다.

통계청 지나 대동모피 쇼윈도를 스쳐 기쁨내과 앞을
오가는 동안
발길에 차인 돌멩이가 곡선을 그리며
또르르르 구르다 쓰레기 더미 속으로 사라졌을 때
돌멩이도 그도 분명해졌다.

모든 것이 궤도
그것이 다행이라면 다행.

슬픔은 지하철 같았다.
땀에 절은 몸을 통과시킬 때
입구에서는 가끔, 삐— 소리가 났다.
불량품.

잔인하게도 잘 돌아가는 게 세상.

코페르니쿠스가 가르쳐주지 않아도
갈릴레이가 중얼거리지 않아도
지구는 이미 태양 주위를 돈다.

궤도 밖을 돌아다니는 건
궤도에 들어서는 일

거미줄에 걸려
죽음을 기다리는 하루살이가
잘린 날개의 빈자리를 퍼덕이다 보면

어둠이 내렸다.
하루는 길었지만 지나온 생은 짧았다.
부재중 전화를 삭제하고
밤이 좀 더 깊어지기를 기다린다.

지구는 돌지 않아

지구는 돌지 않아

그래도, 지구는 돈다

새벽이 오기 전에

그는 또 이탈할 것이다.

종의 기원

—터피에게

1

종이 우주라면
우주 하나가 사라졌다.

2

터피, 목숨 수만큼
우주가 있을지 몰라
애틀란타 식물원
섞일 수 없는 종들 속에서
고독과 마주한 매일을 슬퍼하지 마
어차피 우리가 사는 곳은
기껏해야 애틀란타
기껏해야 아메리카
기껏해야 지구

나에게 갇힌

나도 유일한 종이야
아침마다 전철을 타고
같은 곳 같은 자리에 서 있다
저녁마다 돌아와
같은 곳 같은 자리에 누워

일상은 미세먼지처럼
불어오고 불어 가지
기침하면서 매일 밤 꾸는 꿈은
달콤한 악몽이거나 무서운 악몽일 뿐
고독한 줄도 모르고 고독 속에서
몸을 뒤척이다 아침을 맞지

그래도 한 우주가 사라졌다는 건
슬픈 일
남몰래 울어야 한다는 건
슬픈 일

터피, 법칙은 깨어지지 않아

곧 모두 사라지겠지.

3

이름 터피Toughie. 세상에 유일했던 랩스청개구리
Rabbs' fringe-limbed tree frog. 갈색 피부에 큰 눈이 있고 새
울음 소리를 내는 잘생긴 수컷 개구리. 카레이서와 영
화 감독이 좋아함. 2014년 유엔의 집단 멸종 캠페인 모
델로 활동. 태어난 날은 알 수 없으나 2005년 파나마에
서 발견되어 애틀랜타 식물원에 살다 2016년 9월 26일
집에서 사망.

늦여름

밥 먹으라는 소리에 놀이터가 텅 빈다.

그네를 밀다 놓친 오후는 심심하다.

철봉에 혼자 매달려 있던 어느 아이의 옷이 툭 떨어
지면

개 짖는 소리가 놀이터로 뛰쳐나온다.

붉은 서쪽 하늘에서 살얼음장 같은 구름이 흘러 나
올 때

무럭무럭 자란 아이들은 낯설 것이다.

어느 날 갑자기 가을이 찾아올 것이다.

알레르기

찬바람 불 때
늦은 밤 잠자리에 들 때
이른 아침 눈 뜰 때
지르텍 먹는다

어떨 때는 콧물에 기침
어떨 때는 피부에 두드러기 가려움

만원 지하철에서 문득 선잠이 들 때
차창 너머 풍경이 무채색으로 흔들릴 때
내릴 곳을 놓칠 때
사실은 그게 아니라고 아니라고 말하고 싶을 때
정말 왜 그러냐고 왜 그러냐고
소리치고 싶을 때

그럴 수 있겠다고 중얼거리다가도
가난해진 마음이 코끝에 사정없이 달라붙는다

도미당약국

—묵호 가는 길

도로가 막히자 출발할 때부터 불편했던 속이 꽉 막혔다.

도미당약국 약은 잘 들어, 기침 안 떨어질 때 배탈 났을 때 자전거 타고 도미당약국에 갔다. 반듯한 콧날에 부드러운 눈매의 약국 아주머니가 건네주는 약은, 곧 기침 멎게 하고 복통 가라앉혔다.

동네 개천 위로 콘크리트가 덮였다. 마을 우물은 거센 바닷바람에 끈 떨어진 연처럼 사라졌고, 집집마다 있던 덕장에 명태 오징어도 바다로 돌아갔다. 나도 그 바람 타고 떠나온 것일까?

해떨어지자 속이 더 부대꼈다. 검은 심연 속 도로에 길게 늘어선 후미등이 염증처럼 부어 올랐다.

은하세탁소는 밤하늘에 박혔다. 호광상회는 빛을 보지 못하고 사라졌다. 타지로 떠난 이웃들은 이따금 빈 집 마당에 잡초를 흔들다 코 나간 그물 사이로 부는 바람이 되어 사라졌다.

봉룡아 경태야 은경아 어디 사나?

막힌 도로를 겨우 벗어나 도미당약국에 차를 멈췄다.
주름진 간판이 졸린 듯 껌뻑였다. 약국 할머니가 약 봉
투를 건넸다. 물장구치던 친구들 얼굴이 까만 바다에
첨벙첨벙 빛났다.

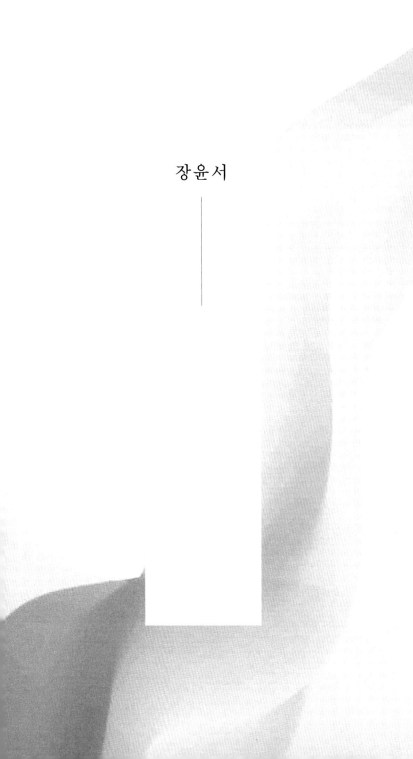

장윤서

나니* 1

나니
넌 무엇이든지 될 수 있어
너에게 인간의 이름이 새겨지기 전까지는

* **नानी**[nāni]. 네팔어로 '어린 여자아이'를 뜻한다. '남자아이'는 '바부
बाबु[babu]'라 한다. 네팔에서는 남자아이가 태어나면 바로 이름을 지어주지만,
여자아이가 태어나면 취학하기 전까지 이름 없이 '나니'라 부른다. 보통 별칭
으로 힌두교 여신의 이름을 붙여준다. 도시에는 이런 일이 드물지만 시골에는
아직도 이런 성차별이 있다고 한다.

나니 2

뭐라고 불러줄까 나니
너도 옛날의 이 엄마처럼
낡고 낡은 락쉬미*란 이름을 물려줄까
계곡을 파고 나온 거대한 모래바람이
너의 이름을 눈 못 뜨게 불어대고 있어
욕망의 남자들도 모래바람
그 틈에서 서성이는 너의 아빠도

너에겐 시간이 많지 않아
네 심장이 듣고픈 이름을 어서 말해보렴
무력한 여신의 이름에 심장이 뛰지 않는다면
저 순백의 다울라기리**는 어떠니
안나푸르나***야 노래 좀 불러다오는?
외롭고 고독한 산 이름이 무섭다면
산에 기대 잠든 야크의 종소리는 어떨까
모래바람 속 홀로 찾을 수 있겠니
네가 네 이름을 감히 말해볼 수 있겠니

엄마는 네가

내가 되어갈까 봐 무섭구나
그러니, 어서
이름을 꿈꿔보렴
응? 사랑스런 나의 아이야
우리들의 나니야

*   힌두교 여신의 이름으로 부와 번영의 신이라 한다.
**   8167미터. 산스크리트어로 '하얀 산'이라는 뜻이다.
*** 8091미터. 산스크리트어로 '수확의 여신'이라는 뜻이다.

나니 3

내 아가 눈이 이렇게 생겼구나
내 아가 눈이 내일처럼 예뻐
엄마는 한동안 거울을 본 적이 없어
내 눈아, 주욱 처진 엄마 눈이
너에겐 어떤 세상으로 비춰지니

내 아가 울음소리가 이렇게 울리는구나
내 아가 울음소리가 야크처럼 튼튼해
엄마는 한동안 울 수도 없었다가
너하고 있을 때만 아까처럼 울어본단다
네 할아버지 할머니 몰래 말이야
내 소리야, 엄마 울음소리는
너에게 무엇을 애기하더냐

내가 기억하는 엄마 울음소리는 말이야
내가 기억하는 엄마 울음소리는 말이야

아니야 아니야

아가야 내 아가 주저앉은 코는
아랫입술만 두툼한 내 아가 입은
파르르 떨리는 내 아가 눈썹은
아가 네 심장은
아 네 심장은

나니 4

미안해 나니
엄마가 괜한 얘길 했지?
너에겐 예쁜 말만 하고 싶은데
그제나 어제나 비슷한 얘기였지?
넌 어제는 울더니 오늘은 웃고 있구나

 나니 너에겐 모든 것을 얘기해주고 싶어
 이 엄마의 모든 시간과 아직 한 번도 보지 못한 네 아
빠, 엄마도 못 본 네 오빠의 꿈틀거림을. 저 햇살에 하
루 종일 파묻혀만 있는 할아버지와 할머니, 엄마의 아
빠와 엄마, 흙장난에 정신없는 마을의 언니 오빠들. 신
과 산과 이 햇살과 바람에 부딪쳐 퍼지는 야크 종소리
와 눈과 얼음, 비와 꽃들과 벌들의 붕붕거림을. 한국 유
부남에게 몰래 시집가려는 이웃집 소녀와 도롯가 휴게
소에서 운전자들을 맞이하는 앳된 자매들의 이야기까
지. 우리 모두의 목마름과 배고픔 속에서도 꾸역꾸역
피어나야 할 단 한 그릇에 담긴 콩과 밥*의 그 따스함
에 대해서, 또, 또

너무도 많아 너무도 많아서
너에게 모든 걸 다 얘기 못 해줄지도 몰라 그리고
네가 그 울음과 웃음의 주소를 알게 될 때가 오면
너에게 많은 걸 얘기 안 해줄지도 몰라
너에게 하나도 얘기 못 해줄지도 몰라

울음이 울음이 아닐 수 있으니깐
웃음이 웃음이 아닐 수 있으니깐

*   달밧. 네팔 사람들이 가장 즐겨 먹는 가정식으로, 달(콩 소스)과 밧(밥)
을 손으로 비벼 먹는다. 지역과 형편에 따라 곁들이는 반찬은 다르다.

나니 5

오늘은 햇살이 더 간지럽구나
엄마 젖을 물고 있는 내 아가 이빨이 햇살 같아
바람이 차진 않니?
오호 이렇게나 땀이 나는 거야?
오늘도 넌 온 힘을 다해 물고 있구나
누가 가르쳐주던?

저기 이방인이 네 눈빛처럼
우리를 물끄러미 보고 있네
그도 최선을 다하는 거겠지?
저 사람은 누가 가르쳐줬을까?

괜찮아 나니
엄마잖아
그럼 괜찮구 말구

나니 6

나니 저기 저 높이 서 있는 게 보이니?

네 눈에 엄마만 가득했다가, 처음 보지?

아마도 네 시간의 몇천 미터는

저것들이 솟아 있고 이어져 있을 거야

응? 뭐라고?

그렇구나 나니는 저걸 그렇게 부르는구나

아, 저 움직이는 하얀 둥그스름한 것도 그렇게 불러?

그것 뒤로 확 펼쳐진 파란색 끝없음도?

그곳에 떼를 지어 퍼덕거리는 까만 깍깍하는 것들도?

다 다르게 부르는데 엄마만 똑같이 들리는 건가

엄마도 몰라

사람들이 왜 그렇게 부르는지

엄마의 엄마가 가르쳐줬겠지?

보이는 것도 가르쳐줬고

보이지 않는 것도 가르쳐줬단다

아빠? 아빠라고 했니?

음 아빠는 보이는 건가

보이지 않는 건가

나니 네 세상의 말로는 뭐라고 하니

볼 수 있는데 보이지 않는 것을 뭐라고 하니

나니 7

여기 이 사람 보이니
무표정으로 서 있는 남자가 네 아빠란다
으응 그건 엄마
놀랬어? 다르게 생겼어?
엄마는 사진 찍는 걸 싫어하는데
주위 사람들이 보고 있어서 웃고 있는 거란다

아빠는 어디 있냐고?
안나푸르나 제일 높은 호숫가에 있으려나
외국에 변두리 공장 허름한 숙소에 있으려나
어디든 신이 곁에 있었으면 해

어느 집에도 가족사진이 있단다
문지방을 넘어 천장 쪽을 조금만 두리번거리면
신의 그림과 함께 가족사진이 걸려 있단다
나니 네 사진도 곧
신과 함께 있을 거야
어쩌면 좋니 나니는 우는 모습도 예쁜데
신 옆에서 울고 있을 거니 웃고 있을 거니

아니면 무표정하게 있을 거니
어떤 표정이든 같이 있기만 하면 돼
같이만 말이야

나니 8

옳지 잘도 뒤집네 우리 아가
으어으어 팔다리도 힘차구나 우리 아가
나니 그거 아니? 여기 이 산은
아주아주 먼 옛날 바다였대
몰라 엄마도 바다는 못 봤는데
엄마 키보다 한참 더 크고
엄마 품보다 엄청 더 넓대
아주 또 먼 옛날
땅과 땅이 꽝 하고 부딪치면서
바다에 있는 땅이 밀려서 올라간 거래

이 세상에서 가장 높은 저 산맥은
지금도 계속 조금씩 높아지고 있대
할아버지들도 할머니들도 절대 모르시고
저 꼬꼬닭들도 갸우뚱 갸우뚱 할 정도로
지금도 땅과 땅들이 으어으어 하면서
서로서로 밀어 올리고 있대

엄마랑 아빠랑 부딪쳐서 우리 아가가 솟아난 건가

우리 나니는 그럼 산인가 바단가
부딪치고 서로 밀어대서 솟아난 것만은 아닐 거야
우리 아가 웃음만 봐도 이렇게 흔들리는데?
이렇게 버둥대는 나니를 꼭 안고만 있어도
엄마는 솟구치는데?

나니 9

나니 여기에서 살아가려면

기다림에 익숙해져야 해

어디를 가려 해도 한참을 기다려야 한단다

두어 시간 걸리는 학교에 가려 해도

이 빠진 웃음으로 달려오는 친구를 기다려야 하고

아파서 병원을 가려 해도

사나흘을 걸어야만 친절한 대머리 선생님을 볼 수 있단다

언제 출발할지 모르는 버스 안에서 한참을 기다려야 하고

오래된 타이어가 산길에서 커다란 방귀 소리를 터뜨리면

길가 평평한 바위 위 후후 불어 털썩 앉아

먹다 남은 과자를 아껴서 우물거리며

버스 운전 아저씨가 흥겨운 음악을 틀 때까진

어제 봤던 산들을 하염없이 보고만 있어야 해

시간은 게으른 거 같지만

빨랫줄의 빨래는 조용히 말라가고

병아리 병아리들은 통통하게 살이 오른단다
한자리에 한참을 있다는 건
기다린다는 거야

기다림에 익숙해지려면
너는 햇살과 친해지는 법을 배워야 해
열 시쯤 어김없이 계곡을 거스르는
거대한 모래바람과도 친해져야 하고
졸린 눈을 가진 당나귀와도
가끔씩 간단한 안부를 묻고 답할 수도 있어야 해
양지바른 곳과 그늘의 경계에 서 있어야 함을 명심
하면서
혼자 있어야만 하는 네 자신을 낯설어하면 안 돼

그때까진 엄마가 곁에 있어줄게

그때까진

잘 자라 우리 아가

부디 잘 자라 우리 나니

나니 10

나니! 뭐라고?
지금 뭐라고 말했니? 다시 말해볼래? 응?

내가 이 말을 이렇게도 기다려온 걸까?
너에게 제일 많이 갔던 그 말이
이렇게도 커다랗고 뜨겁게 돌아온다고?

나니 너는 그 말을 어떻게 만들었니
밤새 잠 안 자고 옹알이 그 물렁한 말에
발가락 손가락 꼬물거리게 달았던 거니?

한 번 더 해줄래?

오오 그래 뭐라고?

옳지 옳지 장하구나 우리 나니 신기하구나
나도 사랑받는 사람이었구나
나도 사랑받는 사람이었어
이제 나도 신기하고 장한 사람이 됐어

저 꽃도 뭐라고? 저 산도 뭐라고? 이 나무 타는 냄새
하며 저 동네 아이들의 웃음소리도, 모든 게 다, 뭐라
고?

내 피를 바꿔주고
내 심장을 한없이 두근대게 해줄 그 말
울음 속에도 길게 섞여 있어
내가 과거에 있든 미래에 있든
그 말이 들리면 무조건 고개 돌려
너에게 달려가게 할 그 말

나니 뭐라고?
사랑하는 우리 나니야, 뭐라고?

한국호

콩잎 김치
—고향 1

　노란 콩잎을 따고 있었지. 가을볕이 고약하게 내리쬐
는데도 사방이 노래서 그랬나, 예뻤지. 송정댁 며느리
가 또 사촌 출신이래, 사촌댁은 있으니 뭐라 부를까, 진
주 하가니 진주댁? 사촌은 하촌이랑 가까우니 하촌댁?
그래도 자기 고향 불러줘야지, 작은 사촌댁은 어때?

　나고 자란 곳을 물어 이름 붙여주던 시절
　고향으로 불리다 아이로 불리다
　고향도 자식도 다 떠나고
　시집온 마을 안금*에 아직 살아 있는데
　여전히 서로의 고향 불러주는 할머니들
　장독 안 삭힌 콩잎 꺼낸다
　펄펄 끓인 물에 쪄서 짠 기 찌르르한 냄새 알맞게 뺀
후
　멸치젓 다진 마늘 고추가루 섞은 양념을 묻힌다
　송정댁 하연댁 구암댁 서로 부를 때마다
　콩잎 한 장 한 장 켜켜이 쌓이고
　콩잎 김치가 빨갛게 노랗게 한 해 한 해 쌓인다

입안에서 맴도는 꺼끌꺼끌한 콩잎 잎맥

그 길 따라

그 시절 콩밭에 들어가 할머니들과 함께 노란 콩잎

따며

송정댁

하연댁

구암댁

부르면

빨갛게 노오랗게 할머니들처럼 해가 질까

* 경상남도 김해시 생림면에 있는 마을로 청주 한씨 집성촌이다.

새색시들
－고향 2

할머니들이 여름 피하려 나란히 마루 그늘에 앉아
있다
말없이 바라보는 햇빛 속에 며느리들이 들어선다

"우리 송정댁 오늘 새색시 같아요"
누군가의 농에 한바탕 웃음
이제 시어머니를 등 뒤로 안는 며느리들이 사이사이
앉는다

모두 안금에 시집온 새색시들이다

용궁 장날

　할머니 할아버지들이 동아당 약국 앞에서 버스를 기
다린다
　남편 죽고 고향인 부산으로 돌아갔다 오랜만에 아들
찾아온 할머니도 버스를 기다린다
　장날 맞춰 올라왔는데 장터는 텅 비고 손주에게 사
줄 치킨집도 문을 닫았다
　오랜만에 만나는 건너건너 아는 사람들 안부 묻다
　안쪽 누구네서 산 고추씨 이야기 뒤쪽 누구네서 먹
은 순댓국 이야기
　어디네 쌀농사 배추농사 얘기하며 서로 고추씨 마늘
종자 나눠 갖는 할머니 할머니들 할아버지들

　장꾼들 찾지 않는
　용궁 장날
　정오면 파장인데
　마을로 돌아가는 버스 기다리는 시간
　동아당 약국 앞에서
　흥성흥성 장이 선다

동행해도 될까요

락시*를 마시고 있나요
나란히 앉아 인도 드라마 방송을 보고 있네요
말 종소리 대신 티비 소리 가득한 가게 안
말똥 오줌 냄새 대신 돼지고기 냄새 그득한 가게 안
다리에 힘 없어진다고 라면은 먹지 않는다던 당신이
라면을 맛있게 부숴 먹네요
친구의 친구와 인사하는 당신
돼지고기를 사양하는 무슬림 당신
술 더 먹으라는 당신 안 된다는 당신
술 취해 했던 말 반복하는 당신
사십 키로 짐 내려놓으면 모두 다르군요

이마에 두른 끈 두 손으로 불끈 쥐고
단단한 걸음으로 낮을 디디던 당신들이
락시 잔을 걸음 삼아 밤을 걷고 있네요
여기선 당신도 아버지고 아들이고 친구군요
이제야 제 짐을 찾았나요

락시가 시리게 맑은 오늘

당신들의 밤길에 동행해도 될까요

천천히 천천히

뒤처져도 당신들 뒤따라

*   쌀로 만든 네팔의 전통술. 한국의 소주와 비슷하다. 고산지대에선 따뜻
하게 끓여 마신다.

차, 차이나

두 손을 활짝 펴고 차
두 손으로 얼굴 가리고 차이나

차
안녕 반가워
차이나
서로의 말을 몰라서 어색하게 앉아 있는데
있다
얼굴 들이밀고 눈 마주치면 꺄르르 꺄르르
없다
눈맞춤으로 세상 모든 벽을 없애는 너
까꿍
네 웃음을 보며 함께 웃으려고
까꿍

라밀줄라 눈바르 로지*
부엌 아궁이에 둘러앉아
사우니 가족과 차를 마시다
바알간 손으로

바알간 볼 마주하며

아이와 차, 차이나 놀이

---

*　　세르파족이 운영하는 네팔의 숙소. 라밀줄라는 해발 3530미터로 지리
에서 에베레스트로 이어지는 트래킹 코스 중 하나이다.

히말라야 별자리

라밀줄라 눈바르 로지 밖
저녁 식사 전에 어둠이 몰려오고
하늘에 별이 뜬다
쏟아지는 빛 올려다보다
히말라야산맥 더듬는다

바람 소리
아이가 칭얼거리는 소리
물 끓이는 엄마
따뜻한 손으로 얼굴 씻겨주는 누나
꼬리를 흔드는 개
반짝 반짝인다

어스름한 부엌, 가까이 모여 빛을 내는
숨 쉬는 집, 집들

능선에 반짝반짝 별이 뜬다

동네 한 바퀴

이상하지?
벌건 술집 간판, 쌩 지나가는 밤 택시, 시장 골목 시큼한 토 냄새 사이를 걷는데도 봄바람이 불어

재잘재잘 예쁜 꽃 피우고 싶은데
동네 한 바퀴 돌면
봄이 질 것만 같아
너를 두고 돌아 나와 놓고선
눈 감고 콧구멍 넓히고 싱긋 웃으며
다 같이 돌자 동네 한 바퀴 다 같이 돌자 동네 한 바퀴

이상하지?
이 밤 너 없이 너랑만 동네 한 바퀴

가장 긴 해

그가 좋아하는 겨울에 그를 처음 만났다. 한파, 한산한 대학로 거리, 그는 침대형 휠체어를 타고 나타났다. 멋쩍은 인사를 나눴다.

삼월에 그를 다시 만났다. 빨간색 쿠션 위에 누운 그가 나에게 첫마디를 건넸다. 공 부 하 고 싶 어 요. 말을 하기 위해 온몸을 들썩이는 그의 이마에 땀이 맺혔다.

일주일에 두세 번 그를 만났다. 1과 2, ㄱ과 ㄴ을 함께 읽었다. 1부터 10까지, 가부터 하까지. 나는 그에게 힘드냐고 자주 물었다. 그는 활짝 웃었다. 할 수 있 어 요.

그가 자주 수업에 빠졌다. 다시 1과 2를 함께 읽었다. 엄마의 고향인 진주로 여행을 다녀왔다고 했다. 다음 주에도 못 온다고 했다.

그가 장애인 거주 시설에서 나와 자립을 한 지 일 년이 되었다. 노래를 부르고 보쌈을 해서 나눠 먹었다. 그는 이십칠 년의 숨을 모아 힘껏 촛불을 불었다.

그가 좋아하는 겨울에 그는 아팠다. 장폐색. 밥을 먹을 수 없었다. 봄이 오면 쌀국수를 먹자고 약속했다.

삼월에 그의 소식을 들었다. 입원과 퇴원을 반복한다고 했다. 오월에 전화가 왔다. 소장을 자르는 수술을 했고 그는 죽었다.

서울대학교병원 초입 거대한 나무
여럿이 둘러도 안을 수 없는 기둥 제각각 뻗은 가지
무수한 잎 잎들
무척 짧고 무척 느린 시간
하 고 싶 어 요 할 수 있 어 요
당신 눈빛과 들썩임과 반짝임이 쏟아져 내린다

가을 아침에

할머니 할아버지 나란히 앉아 계신다
빨간 잠바 회색 스웨터
등 뒤의 따스한 햇살
산 하늘 품은 남강 바라보며
나도 나란히 앉는다

좋다,
햇빛 좋다,
좋다,
햇빛 좋지?
좋다, 좋다,

말갛게 일렁이는 강
누가 숨을 쉬고 간다

인사

요양 병원 휴게실
한 사람 한 사람
얼굴을 기억을 더듬어
한 사람 한 사람
이름을 부르는 외삼촌

느린 목소리
떨리는 손 떨리는 발
모두 짧게 대답하고 고개를 숙인다

둘째 언니가 호주에 간다고 말을 꺼낸다
이 년 동안 나가 있을 거란 말에

"오늘이 마지막이구나"
흐느끼는 외삼촌의 울음

시간이 바짝 다가와
모두의 눈에 입을 맞춘다
찬찬히 외삼촌과 인사를 한다

오하나

늦은 밤

나일강을 가로지르는 맥니미르 다리
강물 소리만 출렁이는 다리에
어린아이가 혼자 앉아 있다
아이 옆에는 쓰레기 봉지
아이는 무언가를 찾아 입에 넣는다
하르툼에서 스치는 길가의 여느 아이들처럼
옆을 지나쳐 가려는 순간
아이의 눈이 나를 본다
크고 무서운 어른이 다가오고 있다
아이는 손에 든 걸 감추고
몸을 바짝 움츠린다
어둠 속으로 숨는다
내가 멀어질 때까지
기척 하나 안 내는 아이는
강물 소리도
강변의 불빛도
어둠 속으로 꽉 끌어당긴다
하붑*이 불지 않는데도
시커먼 밤이 휘몰아친다

사부 2

이글대는 사막을 따라 평평하게 흐르던 강물이
뚝 뚝 박힌 바위를 만나 물결치는 곳
사부,
댐 건설을 반대하다 사람이 죽고*
언제 다시 조사가 시작될지 모르는
수몰 예정지

동네 아이 둘을 따라 강가로 간다
야자나무 숲을 지나 모랫길 끝에 널찍한 바위들
저만치 모래톱에 강물이 반짝이고
나일강도 아이들의 발에선
첨벙이는 시냇물로 흐른다

해가 지면 악어랑 늑대가 나온다고
양을 잡아갔다는 늑대 흉내를 내는 아이들
악어도 늑대도 집어삼키는
더 무시무시한 게 있는 줄 모르고
아이들은 천진한 악어가 되고 늑대가 되어
바위에서 바위로 가볍게 뛰어 건넌다

노을빛 번지는 강물이

대추리** 너른 들로 흐른다

미군 기지에 덮였어도

덮지 못하는 기억을 따라 누군가 논둑에 한참 서서

떠난 이들을 불러내고 있을지 모르는 곳

대추리를 돌아 사부로 물결치는 나일강

어둑어둑한 속에서

아이들 소리와 밥 짓는 냄새와

불빛 생생한 마을을

감싸안는 듯 흐른다

*   2007년 수단 정부가 북부 나일강 제3급류 지역에서 댐 건설 조사를 시
행했고, 이에 항의하는 시위가 수몰 예정지인 사부, 카즈바라 등지에서 일어났
다. 시위 중 마을 주민 6명이 사망했다.

**   평택으로 미군 기지가 이전되면서 2006년 평택시 대추리, 도두리 일대
에 살던 사람들이 강제로 고향을 떠나야 했다. 이에 항의하던 많은 사람이 강
제 철거 및 진압으로 다치거나 구속되었다.

봄

개나리 피고 진달래 펴도
봄 온 줄 몰랐는데

복도식 아파트 통로를 왔다 갔다 하시던
엘리베이터 탈 줄 모른다시던
고향이 의령 어디라시던
겨우내 한 번도 안 보이시던 옆옆집 할머니
슥슥슥 신발 끌며 걸어오시는 소리

얼른 문 열고 나가 보니
까치발 들고 앞산 내다보고 계신다
그간 어디 계셨는지
겨울은 어떻게 나셨는지
속으로 물으며 옆에 서 있는 사이

노랑 분홍 하얀 꽃들이
화아 피어 있다

여름

복도식 아파트
무더위에 방충문만 친 현관
누가 벨도 노크도 없이 문을 딸각 연다

며칠 전 건너간 살구랑 옥수수가
봉지 봉지에 들린
방울토마토랑 노각이랑 알사탕으로

옆옆집 할머니 다녀가신 뒤
한여름 텃밭 사이
살구나무 옆에
대문 없는 집
쏟아지는 매미 소리

봄 2

개나리 피었네
날 풀리면 아파트 복도를 가만히 걸으시던 모습도
까치발로 저 너머를 향하시던 모습도
오늘 음력으로 며칠인교 물으시던 모습도

개나리 피었네
옆옆집 할머니 다른 따님네로 떠나시고
복도에 나란히 서서
나는 모르는 음력만 있는 곳으로
할머니 따라 가보던 길 사라지고
그 봄 다시 오지 않네

공놀이

공을 뻥뻥
금요일 자정도 지우고
뭐라 하는 어른도 지우고
깔깔대며 공을 뻥뻥
차는 너희가
다닥다닥 붙은 연립주택 사이
골목을 만들고
노란 가로등 빛을 세우고
늦게 귀가하는 이를 비추고
고단한 한 주를 보낸 주택가를 천진난만
뻥뻥 울리는 동안
쉽사리 잠 못 드는 누군가
너희 소리에 불려 갔다가
그 밤 내내
돌아오지 못할지도 모르는데

아아아아아

얼굴도 어디 사는지도 모르는
동네 남자아이

매일 아침
뒷산과 주택가와 아파트 사이사이
허공을 누비며 달려오는 무구한 소리
이야아아아

하루하루 조금씩 굵어지더니
누가 뭐라 그랬나
소리쳐도 같다는 걸 알아버렸나
뚝 멈췄다

어디쯤에 있을까 너는
아침마다 소리치던 자기를 잊고
멀리멀리 가고 있을까

알게 될까
매일 아침 네 소리가 지나가고

집집마다 남은 침묵이
메아리쳤다는 걸

정을 다해

아랫집인가 윗집인가
애기가 운다
갓 태어난 것 같은 애기가 운다
저녁 여덟 시경마다
두꺼운 콘크리트 벽을 넘어오는
아물아물한 소리

애기가 울면
아빠 소리가 얼른 뒤따라온다
우—웃 우우—웃
아빠는 애기를 조심히 안고
고개를 들었다 내렸다 하고 있나
아빠 소리 들으며
순해지다가 옹알이하다가 다시 울면
정을 다해 어르는 소리

하던 일을 멈춘다
애기 울음도 아빠 소리도
다 그쳤는데 계속 귀 기울인다

아랫집도 윗집도 아닌
아득한 곳에서 오는 첫 소리

내가 모르는 누군가
귀 먹먹해지도록 듣고 있다

외출

오랜만에 신촌 거리를 걸어도
빙빙 내 안에서만 맴돌며 스쳐 가는 골목길에
할아버지 등을 미는 할머니
할아버지 등을 미는 할머니?

짐을 가득 실은 손수레를 할아버지가 밀고
할아버지를 할머니가 밀고
언덕은 주르륵 미끄러질 듯 급경사

옆에 있던 남편이 손수레를 넘겨받는다
엉덩이를 빼고 팔을 뻗어 손수레를 끙
짐이 자꾸 옆으로 떨어진다 삐뚤빼뚤

할머니 할아버지 나
웃음이 터진다
모두 한 방향으로
다 아는 이같이
미소로 밀어주는 동안

끌고 오던 내 걸음을

저만치 놓고

밖으로 나와 있다

더위

위로 반도 다 안 열리는 들창에
얼굴을 붙이고 내다본다

흰 돌 검은 돌 가지런히 올려진
바둑판을 가운데 두고
조붓한 그늘에
어르신 두 분이 앉아 계신다

바짝 붙은 연립주택 사이
에어컨 실외기랑 전선이 뒤엉킨 속에서도
차 지나가는 소리 실외기 돌아가는 소리
꽉 막힌 더위 속에서도
차르르 차르르

오래된 느티나무도 없고
커다란 평상도 없는데
마스크를 벗고
바둑돌 소리 구르는
조붓한 그늘에 기댄다

숨 트는 부드러운 바람

점심시간

깜박 잊은 짐을 가져다주러 회사 앞으로 온 엄마
같이 점심을 먹고 카페에 간다
빈자리 없이 북적이는 카페 안
커피를 주문하고 기다리는 사이
1시 15분 전

사람들이 하나둘 일어서고
엄마와 창가 자리에 앉는다
복귀하기 싫다고
이런저런 투정을 늘어놓는데

두 손으로 컵을 들고 조금씩
커피를 마시는 엄마
주위를 살짝 보고
컵을 내려놓으며 수줍게
"엄마도 회사원 같지?"

딸에게 오는 시간 말고
또 어떤 시간일까

분주한 걸음들 사이
천천히 내리는 햇살
멀어지는 소리

잠시 시침도 분침도 없이
내가 알 것 같아도
그게 다가 아닐
시간이 흐른다

개

　눈발, 뒷산을 오른다. 완만한 언덕을 지나 마을이 보이지 않는 나뭇가지가 뒤엉킨 숲, 낙엽과 나무와 바위가 눈 속에 잠긴다. 목줄을 풀어준다. 방향도 길도 없이 뛰어다닌다. 눈밭에 코를 파묻고 몸을 비빈다. 얼어붙은 눈과 흙덩이를 후두둑 털어내더니 달려 나간다. 귀를 바짝 붙이고 이를 드러내며 억새가 우거진 숲으로 나무뿌리가 드러난 비탈로 골짜기 너머로

　쉭쉭 숨소리
　땅을 차는 소리
　마른 수풀이 요동치는 소리
　사라진 개

　흰 허공에는
　가파른 바윗길을
　쉬지 않고 오르는 숨결만
　사방으로 뻗치는 능선을
　질주하는 숨결만

　왜 돌아왔을까

막 달려가다
돌아설 때
무슨 생각을 했을까

풀씨를 가득 묻히고 돌아온 개가
아무 일도 없던 것처럼
마을 쪽으로 달린다
어디로도 가지 못하고
서 있던 나도 딸려 간다

내달리는 발자국도
몰아치는 숨결도
눈발 속에 두고

북동향

―연광이에게

새들이 지붕을 치는 소리도 고양이들이 후다닥 숨는
소리도 멀리 개 짖는 소리도 무슨 소리인지 모르겠는
소리도 다 네가 오는 소리

마당에 볕바른 자리가 생긴다
발밑에 아주 작은 꽃이 노랗게 피고
햇살이 살랑살랑 내려온다
그 옆에 나란히 앉는다

일부러 차에서 내려
아이랑 지리산 둘레를 걷던 너는
결혼 전 힘든 줄도 모르고 올랐다는 설악산으로 갔
다가
주차장에 갇힌 작은 개구리를 내보내 주고
비가 오면 신나는 개구리를 떠올리는 아이 옆으로
돌아온다
겹겹이 외투 밖으로 나와
너의 다정한 이야기를 쬔다

네가 가고
마당에 그늘이 차고
서향 창으로 마지막 볕 줄기도 사라지면
여기는 다시 북동향
문 다 닫아도 웃풍 서늘하지만
볕도 얼음 조각처럼 차갑지만

더 깊게 북향으로 기울더라도
네가 주고 간
남향받이에 기대면
언제나 따사한 북동향

김 연 광

마침 내린 비

창고에서 고구마 작업 한다고 둘러앉았는데 아이는 혼자 노느라 주변을 맴돈다 수돗가에서 끌어온 호스로 하는 물놀이도 시시해서 컨테이너에 앉아 유튜브 보고 자전거로 빙 돌다가 괜히 고구마가 길을 막는다고 산처럼 쌓인 고구마를 바퀴로 밟아본다 그러다 아이가 닭들에게 삶은 고구마를 던져주고 닭들이 뛰어오고 하는데

우두두두 소낙비가 내린다

잠깐 사이 눈앞이 안 보이게 굵어진 비에
일하던 손들도 멈춰서 비를 보는데
아이가 비 쪽으로 기우는 게 보인다
발이었을까 손이었을까 통통한 볼이었을까
아이는 비에 닿았고 더 가까이 기울다가 나를 한번 보더니
빗속으로 들어가 서 있다
그러다 마침 온몸이 젖었는지
우두두두 마당을 뛰어다니며 신나게 웃는다
빗소리도 아이 웃는 소리도 이어지고

누가 함께 노는 것처럼 함께 웃는 것처럼 웃는다

섬을 보는 일 1

섬에서 나고 자란 아저씨가 망태기를 걷으면
그날 손님 먹을 복에 따라 잡히는 게 다르다

우리가 섬에 들어간 날
아저씨는 닳아서 뭉뚝해진 칼로 숭덩숭덩 돌돔을 썰
었다

얼굴이 뻘겋게 술을 마신 아저씨가 모는 배를 타고
배에 염소도 태우고 섬을 나오는데
이 길은 눈 감고도 간다고 걱정 말라는 아저씨
뱃길을 모르는 나는 그저 하늘이나 바다나 칠흑 같
고

턱, 하니 시동이 꺼진다
더 깊어지는 어둠 길은 없고
아저씨가 커터칼로 모터에 걸린 그물을 자른다

부웅— 얼마 못 가 턱, 하니 시동이 꺼진다
오매 이 길이 아닌갑네

아저씨 커터칼로 그물을 자르는데
하늘에 별이 우수수 바다에도 별이 우수수

저 앞에 선착장이 보인다

섬을 보는 일 2

십 년 전 섬에 풀어놓은 염소 세 마리
삼십 마리 일가족이 된 염소가 묘지를 헤집고 다니
자
염소 잡이가 시작됐다

섬 주민들은 섬의 반을 못 쓰는데
염소는 안 쓰는 땅 없이 돌아다니니
육지까지 요청이 왔다
예닐곱 명이 섬에 들어가 몇 날 며칠
잡았던 한 마리에 GPS를 부착해 풀어줬다
담배 몇 갑, 초코파이, 음료수를 선착장에서 전하고
멀어지는 배가 향하는 섬을 본다

저 섬에 사람이 마흔 명 염소가 서른 마리
섬에서도 배를 타야 가는 섬의 반대편을
GPS가 걸어서 넘어가는 걸
육지에서 휴대폰으로 들여다본다

참깨

　해남에 큰비가 내렸다고 새벽에 아빠 전화가 세 통
이나 와 있다 하천이 넘치고 논도 집도 잠겼다는데

　남편은 일찍 논에 가고
　이렇게 큰비가 될 줄 모르고 아이는 유치원에 보냈
는데
　장우산을 챙겨 집 앞에 나왔다

　후두둑 후두둑
　굵은 비가 우산을 사방에서 치고
　밭을 보니 참깨꽃이 있다
　유난히 밝고 작고 하얀 꽃이
　잔털에 보송하니 비도 맞지 않고 서 있다

　논은 괜찮아? 고구마밭은?
　나가 있는 남편에게 전화하고
　기상특보에 놀란 여기저기 안부에 답한다
　위엔 비가 안 와 해남엔 큰비가 온다면서

빗방울화석 시인들

신대철 1945년 충남 홍성 출생.

김일영 1958년 전남 순천 출생.

손필영 1962년 서울 출생.

조재형 1964년 충남 당진 출생.

이성일 1967년 강원 주문진 출생.

최수현 1970년 전남 여수 출생.

이승규 1972년 서울 출생.

박성훈 1975년 강원 묵호 출생.

장윤서 1975년 서울 출생.

한국호 1983년 경남 김해 출생.

오하나 1983년 서울 출생.

김연광 1986년 충남 홍성 출생.

빗방울화석 시선집

야고

ⓒ빗방울화석 시인들

초판 1쇄 2024년 5월 27일

지은이 빗방울화석 시인들

펴낸이 조재형

표지 박지훈

제작 정원문화사

펴낸곳 도서출판 빗방울화석

주소 경기도 파주시 교하읍 문발리 파주출판도시 535-7

등록 300-2006-188호(2004. 12. 13)

전화 010-3757-5927

이메일 kailas64@daum.net

ISBN 979-11-89522-05-6 (03810)